하브루타 학습법으로

독서논술

7권

초등 4학년

박현창

한양대학교 국어교육과를 졸업하고 독서교육의 선구자인 박영목 교수님을 사사했습니다. 대학 졸업 무렵 은사의 권유로 국어 교재 연구에 뛰어들었고, 국어 교재 기획과 개발에서 영향력 있는 전문가로 활동하고 있습니다.

저서로는 〈기적의 독서논술〉 전 12권, 〈어휘 바탕 다지기〉 전 4권, 〈한자 어휘 바탕 다지기〉 전 4권, 〈퀴즈 천자문〉 2,3권, 〈퍼즐짱 한자박사〉가 있습니다.

재능한글, 재능국어 초중등 프로그램, 재능국어 읽기 학습 프로그램, 제6차 교육과정 고등학교 독서 교과 2종을 개발하였고, 중국 선전 KIS 국제학교 교사, 중국 선전 삼성 SDI 교육 자문 위원으로 활동했으며, 하브루타 창의인성 교육연구소 이사로 활동 중입니다.

저자 장성애

교육학을 연구하고 물음과 이야기가 있는 개념 있는 삶을 지향하는 하브루타 코칭과정을 개발했습니다. 독서, 학습, 토론, 상담, 머니십교육 등을 진행하며 마음샘 교육심리 연구소와 하브루타 창의인성 교육연구소 소장으로 활동 중입니다.

저서로는 〈영재들의 비밀습관 하브루타〉, 〈질문과 이야기가 있는 행복한 교실〉(공저), 〈엄마 질문공부〉가 있습니다.

유아부터 성인까지 다양한 학습자들을 만나면서 부모 교육과 교사 연수를 비롯해 각 교육 기관, 사회 기관, 기업 등에서 강의하고 있습니다.

초판 발행 2021년 4월 16일
글쓴이 박현창, 장성애
그린이 박정제, 이성희, 김청희, 최준규
편집 이정아
기획 한동오
펴낸이 엄태상
디자인 이건화
마케팅 본부 이승욱, 전한나, 왕성석, 노원준, 조인선, 조성민
경영기획 마정인, 최성훈, 정다운, 김다미, 오희연
제작 조성근
물류 정종진, 윤덕현, 양희은, 신승진
펴낸곳 시소스터디
주소 서울시 종로구 자하문로 300 시사빌딩
주문 및 문의 1588-1582
팩스 02-3671-0510
홈페이지 www.sisostudy.com
네이버 카페 cafe.naver.com/sisasiso
인스타그램 instagram.com/siso_study
이메일 sisostudy@sisadream.com
등록일자 2019년 12월 21일
등록번호 제2019-000149호

ISBN 979-11-91244-17-5 [64800]

머리말

우리 아이들이 이미 접어들었고 살아가야 할 세상을 흔히 지식정보화 사회, 지식혁명의 시대라고 합니다. 그래서 고도의 이해와 표현 능력, 논리적이고 창의적인 듣기 · 말하기 · 읽기 · 쓰기가 요구됩니다. 사회와 학교에서 국어 교육의 중요성을 새삼 인식하게 된 까닭이 여기에 있습니다. 논리적이고 창의적인 언어 사용이란 이치에 맞게 조리 있게 말과 글을 쓰는 것이고 나아가 이미 존재하고 있었으나 미처 깨닫지 못했던 이치를 발견해 내는 것입니다. 요약하면 지식과 지혜입니다. 지식이 아는 것이라면 지혜는 그 앎을 적용 또는 활용하는 것입니다. 이 시대는 지식에서 추출하고 정제한 지혜가 더욱 필요한 때입니다. 지혜로운 듣기 · 말하기 · 읽기 · 쓰기가 세상과 사람에 대한 근본 원리를 이해하는 데 값어치를 합니다.

그러나 국어 교육이 여전히 지혜보다는 지식에 편중되어 있음이 참 안타깝습니다. 지식을 외고 저장하기에 정신없이 바쁩니다. 물론 지혜의 바탕은 지식입니다. 하지만 딱 지식에만 머물러 있어서 교육에 들이는 노력과 비용이 아깝기만 합니다.

지향할 가치가 바뀌었으니 당연히 그것을 성취할 방법과 평가도 바뀌어야 합니다. 이전 세대에게 적용되었거나 써먹었던 가치, 방법과 평가가 주는 익숙함의 관성을 탈피해야 합니다.

논리적이고 창의적인 사고력은 사실 아이들이 어른들보다 훨씬 낫습니다. 서너 살 먹은 아이들을 보세요. 무엇인가 끊임없이 묻고 이해하려 듭니다. 그리고 시인의 감수성에 버금가게 감동적으로 표현합니다. 다만 어른들이 이해하지 못하고 받아들이기 껄끄러워할 뿐입니다. 어른들의 생각맞춤법에 어긋난다고 하여 얕잡아보고 무시해 왔지만 철학은 언제나 그들의 논리와 창의가, 지식과 지혜가 마땅하고 새삼 놀랍다고 증명합니다.

그래서 해결책은 의외로 뻔하고 쉽습니다. 아이들에게 마음껏 의견을 내놓고 따지고 판단하는 토론의 멍석을 깔아주는 것입니다. 여기에 딱 한 가지 '고도'의 기술이 필요하기는 합니다. 아이들의 듣기 · 말하기 · 읽기 · 쓰기와 이를 바탕으로 한 토론에 그저 토닥토닥 격려하고 긍정의 추임새를 넣어주며 존중해 주는 것입니다. 그래서 이 책을 내놓습니다.

저자 **박현창**

우리 책을 소개합니다.

진짜진짜 독서논술은 어떤 책인가요?

질문과 대화, 토론과 논쟁을 통해 창의적으로 답을 찾는 하브루타 학습법을 도입한 독서논술 학습서예요. 주어진 논쟁거리에 자유롭게 묻고 답하며 생각을 마음껏 키울 수 있어요. 더불어 읽기와 쓰기, 어휘 문제를 풀면서 국어력도 키워 줘요.

진짜진짜 독서논술은 언어 능력을 개선해서 사고력과 창의력을 키워 말과 글로 자기 생각을 표현할 수 있는 능력을 기르는 학습서예요.

하브루타 학습법이 무엇인가요?

하브루타는 짝을 지어 서로 질문을 주고받으며 공부한 것에 대해 논쟁하는 유대인의 전통적인 토론 교육 방법이에요.

정해진 답을 찾는 게 아니라 쟁점에 대해 다양한 생각과 시각을 나누는 창의적인 학습법이죠. 질문을 주고받는 과정에서 자신이 아는 것과 모르는 것을 인지해서 부족한 점을 보완하는 메타인지 능력도 키울 수 있어요.

하브루타 학습법은 사고력을 기르는 데 적합한 공부 방식으로, 우리 책은 토마토 모양에 하브루타식 질문을 담았어요.

왜 토마토 모양에 하브루타식 질문을 넣었나요?

토마토는 '토닥토닥 마음껏 토론하기'를 줄인 말이에요. 하브루타 토론을 마음껏 해 보기를 바라는 마음을 담은 표현이지요. 질문은 다섯 가지 유형으로 나눠지는데, 이 유형은 바로 사고력을 다섯 가지로 구분한 거예요. 사고력의 다섯 가지 유형은 다음과 같아요.

사실적 이해	추론적 이해	비판적 이해	창의적 이해	논리적 이해

토닥토닥 마음껏 토론해 봐

사고력의 다섯 가지 유형을 소개합니다.

사실적 이해

읽은 내용을 사실 그대로 이해하고 표현하는 것

사실

2 관리가 새로 오자 아주머니네가 논 주인에게 주는 쌀이 몇 섬으로 바뀌었나요? 답을 써 보세요.

⇨

추론적 이해

직접 드러나지 않은 내용이나 생략된 부분을 이해하고 표현하는 것

추론

4 아파나시와 요한은 금화를 어떻게 생각하나요? 이들의 생각에 맞게 선을 그어 보세요.

아파나시 •

요한 •

• 금화는 어떻게 쓰느냐에 따라 다르다.
• 금화는 나쁜 것이다.
• 금화로 좋은 일을 할 수 있다.
• 금화는 사람을 나쁘게 만든다.

비판적 이해

일정한 기준에 따라 옳고 그름, 좋고 나쁨을 가치 판단하는 것

비판

3 다음에서 누구의 말이 옳다고 생각하나요? 두 사람의 주장을 비교해서 동그라미에 >, =, <를 알맞게 쓰고 이유를 말해 보세요.

급하면 양반 체면을 내려놓을 수 있어요. 양반 체면이 대신 오줌을 싸 주는 게 아니에요.

수많은 사람이 드나드는 저잣거리에서 대낮에 오줌을 누는 것은 상스러운 짓이다.

논리적 이해

원인과 결과를 논리적인 규칙과 형식에 맞게 이해하고 표현하는 것

논리

1 개나 돼지가 길바닥에 오줌을 싸는 것과 사람이 길바닥에 오줌을 싸는 것은 다를까요? 자신의 생각에 동그라미 치고 까닭을 써 보세요.

다르다, 다르지 않다

창의적 이해

읽은 내용을 바탕으로 상황과 조건에 맞게 생각을 창조하고 표현하는 것

창의

3 천사가 아파나시와 요한에게 해 주는 축복은 어떤 것일까요? 짐작해서 써 보세요.

무엇을 읽고 문제를 푸나요?

읽는 건 정말 중요해요. 하지만 **무엇**을 읽는지는 더 중요해요. 선별되지 않은 글을 마구잡이로 읽으면 오히려 **독해력**을 기르는 데 방해가 되죠.

진짜진짜 독서논술은 오랫동안 읽혀 충분히 검증된 글감을 선택했어요. 또한 어린이 연령에 맞게 새롭게 각색해서 재미있게 술술 읽을 수 있어요.

어떤 글감을 골랐나요?

2015개정 교육과정은 창의융합형 인재가 갖춰야 할 여섯 가지 핵심역량을 제시했어요. **자기관리 역량, 지식정보처리 역량, 창의적 사고 역량, 심미적 감성 역량, 의사소통 역량, 공동체 역량**이에요.

진짜진짜 독서논술은 이 핵심역량을 기르는 데 적합한 글감을 선별했어요. 창의융합형 인재로 성장하는 데 필요한 스스로 활동에 참여하고 주제를 탐구할 수 있는 글감을 골랐어요.

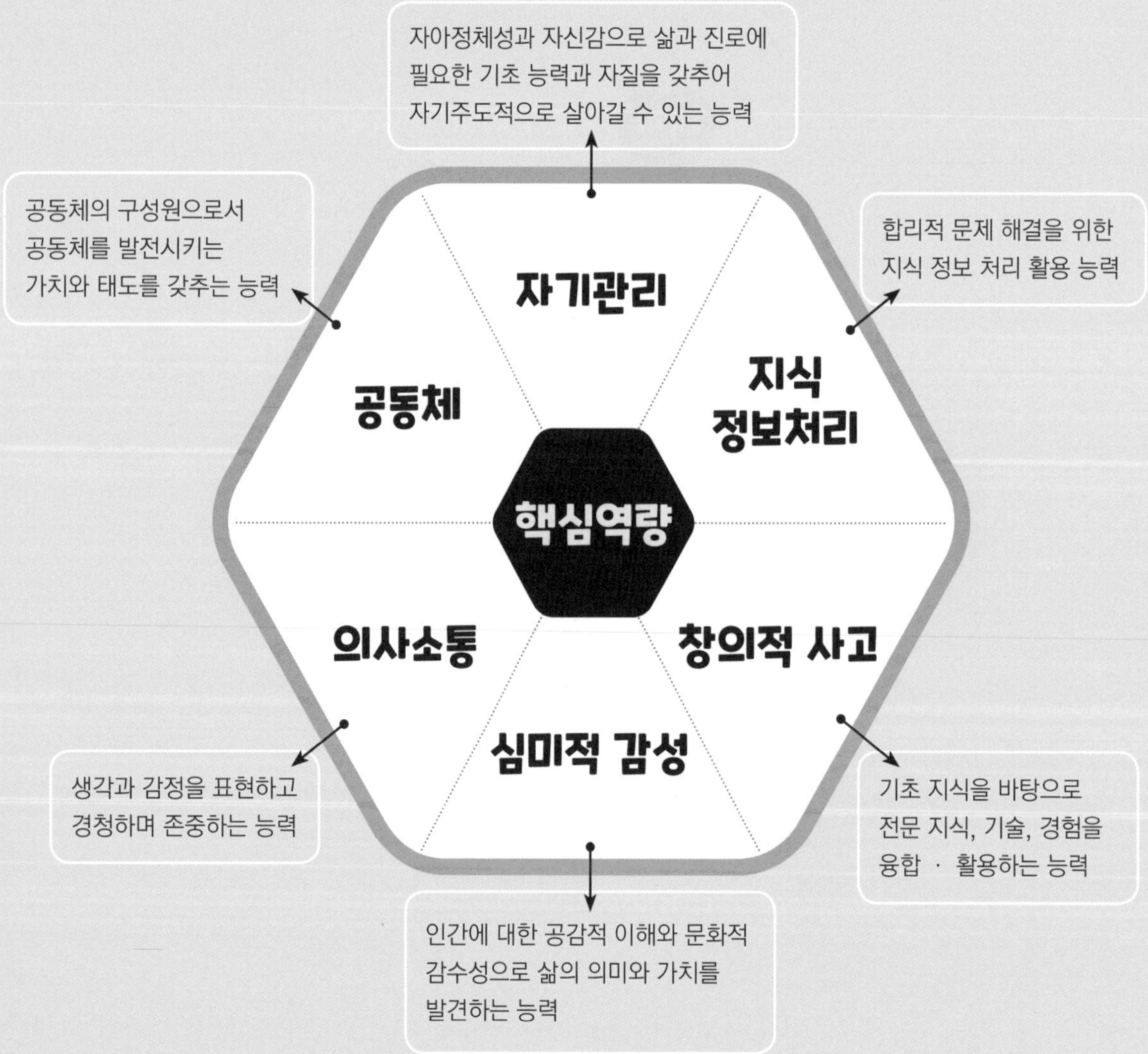

핵심역량

- **자기관리**: 자아정체성과 자신감으로 삶과 진로에 필요한 기초 능력과 자질을 갖추어 자기주도적으로 살아갈 수 있는 능력
- **지식 정보처리**: 합리적 문제 해결을 위한 지식 정보 처리 활용 능력
- **창의적 사고**: 기초 지식을 바탕으로 전문 지식, 기술, 경험을 융합 · 활용하는 능력
- **심미적 감성**: 인간에 대한 공감적 이해와 문화적 감수성으로 삶의 의미와 가치를 발견하는 능력
- **의사소통**: 생각과 감정을 표현하고 경청하며 존중하는 능력
- **공동체**: 공동체의 구성원으로서 공동체를 발전시키는 가치와 태도를 갖추는 능력

7 학습을 이끌어가는 캐릭터와 활동지를 소개합니다.

진짜진짜 독서논술은 창의융합형 학습을 주도적으로 해낼 수 있는 학습서예요. 학습이 어렵지 않도록 도움을 주는 캐릭터가 등장해요. 친근하고 재미있는 캐릭터를 따라가면서 즐겁게 학습할 수 있어요. 문제 해결에 도움을 주는 활동지도 있어요. 활동지를 적극적으로 활용하면서 학습에 도움을 받을 수 있어요.

이야기나라를 다스리는 가라사대왕은 너무 바빠요. 그래서 사건을 해결해 줄 어린이를 찾아 가리사니로 임명하지요. 가리사니는 사물을 판단하는 힘이나 능력을 뜻해요. 우리 친구들이 가리사니가 되어 이야기나라의 문제를 해결해 보는 거예요.

학습을 도와줄 친구도 있어요. 눈도 크고 귀도 커서 보고 들은 것이 많은 똑똑한 뿌토예요. 뿌토가 문제와 활동마다 등장해서 도움을 줄 거예요.

이야기의 줄거리를 미리 그림으로 살펴보는 활동지예요. 재미있는 그림을 보여주는 요지경 장난감처럼 진짜진짜 독서논술의 요지경도 즐거움이 가득해요. 직접 요지경을 만들고 재미있게 살펴보세요.

이야기에서 다룬 어휘를 선별해서 모아 놓은 낱말 카드예요. 요지카의 어휘는 **서울대 국어 연구소**에서 제시한 **등급별 국어 교육용 어휘**에서 선별했어요. 난이도에 따라 별등급을 매겨 놓았어요.

우리 책의 구성을 소개합니다.

읽기 전 활동

준비하기

준비하기 진짜 가짜

어버이날 부모님께 카네이션을 드리려고 해. 다음 세 가지 중에서 부모님이 가장 좋아하실 카네이션은 무엇일지 **동그라미 치고 그 까닭을 말해 봐.**

20

이야기를 이해하기 위해 배경지식을 확인하며 이야기에 대한 호기심을 높이는 활동

훑어보기

훑어보기 첫 번째 요지경

가라사대왕이 이야기나라의 보물, 요지경을 선물로 주었어.
요지경을 보면서 무슨 일이 벌어졌는지 짐작해 보자.

먼저, 활동지에 있는 요지경을 직접 만들어 보자. 활동지 1~4쪽

요지경에 있는 그림을 요리조리 살펴보자.

1장 형제와 금화 21

이야기에 나오는 그림을 먼저 보고 내용을 상상해 보면서 이해를 높이는 활동

읽기 활동

들어보기

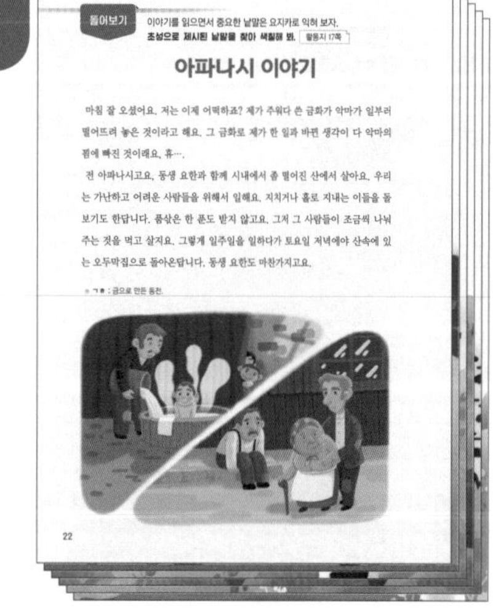

들어보기 이야기를 읽으면서 중요한 낱말은 요지카로 익혀 보자.
초성으로 제시된 낱말을 찾아 색칠해 봐. 활동지 17쪽

아파나시 이야기

마침 잘 오셨어요. 저는 이제 어떡하죠? 제가 주워다 쓴 금화가 악마가 일부러 떨어뜨려 놓은 것이라고 해요. 그 금화로 제가 한 일과 바뀐 생각이 다 악마의 꾐에 빠진 것이래요. 휴….

전 아파나시고요. 동생 요한과 함께 시내에서 좀 떨어진 산에서 살아요. 우리는 가난하고 어려운 사람들을 위해서 일해요. 지치거나 홀로 지내는 이들을 돌보기도 한답니다. 품삯은 한 푼도 받지 않고요. 그저 그 사람들이 조금씩 나눠 주는 것을 먹고 살지요. 그렇게 일주일을 일하다가 토요일 저녁에야 산속에 있는 오두막집으로 돌아온답니다. 동생 요한도 마찬가지고요.

ㄱㅎ : 금으로 만든 동전.

22

주제를 생각하며 이야기를 직접 읽는 독해 활동

따져보기

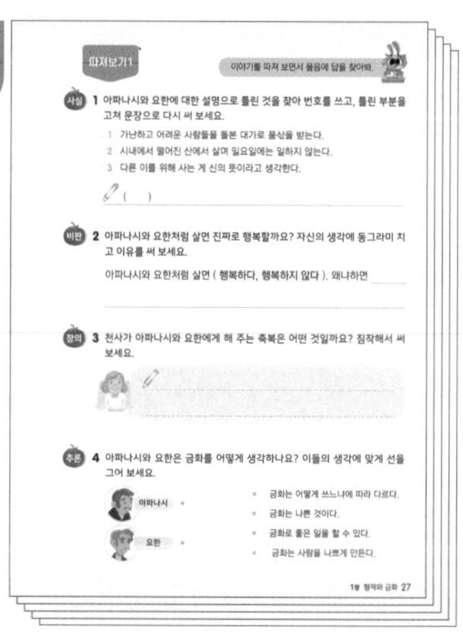

따져보기1 이야기를 따져 보면서 물음에 답을 찾아봐.

사실 1 아파나시와 요한에 대한 설명으로 틀린 것을 찾아 번호를 쓰고, 틀린 부분을 고쳐 문장으로 다시 써 보세요.

1 가난하고 어려운 사람들을 돌본 대가로 품삯을 받는다.
2 시내에서 떨어진 산에서 살며 일요일에는 일하지 않는다.
3 다른 이를 위해 사는 게 신의 뜻이라고 생각한다.

( )

비판 2 아파나시와 요한처럼 살면 진짜로 행복할까요? 자신의 생각에 동그라미 치고 이유를 써 보세요.

아파나시와 요한처럼 살면 (행복하다, 행복하지 않다). 왜냐하면

창의 3 천사가 아파나시와 요한에게 해 주는 축복은 어떤 것일까요? 짐작해서 써 보세요.

추론 4 아파나시와 요한은 금화를 어떻게 생각하나요? 이들의 생각에 맞게 선을 그어 보세요.

아파나시 •
요한 •

• 금화는 어떻게 쓰느냐에 따라 다르다.
• 금화는 나쁜 것이다.
• 금화로 좋은 일을 할 수 있다.
• 금화는 사람을 나쁘게 만든다.

1장 형제와 금화 27

사고력을 기르는 하브루타식 문제를 풀어보며 토론해 보는 활동

- **읽기 전 활동:** 내용을 짐작하고 관련 정보와 사전 지식을 검토해 보는 활동
- **읽기 활동:** 이야기를 읽고, 문제를 풀며 사고력을 높이는 활동
- **읽은 후 활동:** 이야기를 창의적, 논리적으로 해석하며 생각을 키우는 활동

읽은 후 활동

간추리기1 아파나시 동영상

아파나시 이야기를 동영상으로 만들려고 해.
첫 화면에 들어갈 그림을 그리고 빈 곳에 알맞은 내용을 써 봐.

나오는 이
배경음악
제목

34

내용을 잘 이해하고 기억하는지 확인하는 활동

짚어보기

짚어보기1 천사와 악마

36

창의융합형 활동으로 창의력을 기르는 활동

보고하기

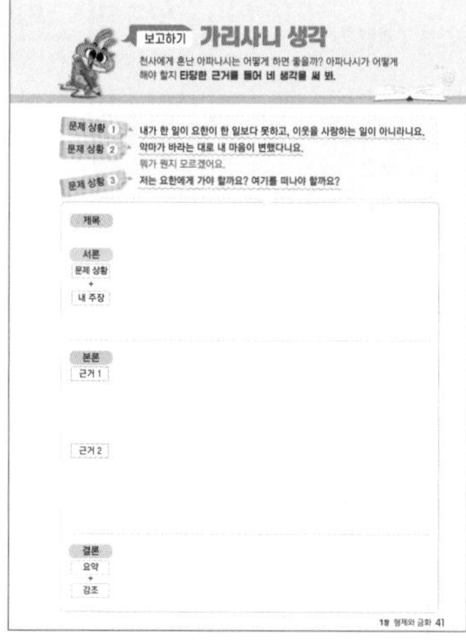
보고하기 가리사니 생각

문제 상황 1 내가 한 일이 요한이 한 일보다 못하고, 이웃을 사랑하는 일이 아니라니요.
문제 상황 2 악마가 바라는 대로 내 마음이 변했다니요.
문제 상황 3 저는 요한에게 가야 할까요? 여기를 떠나야 할까요?

제목
서론
본론
근거 1
근거 2
결론

41

이야기의 주제를 창의적으로 해석해서 글로 표현하는 쓰기 활동

어휘다지기

어휘다지기 아파나시 뒤풀이

1 다음 문장에서 틀린 글자를 찾아 X표 하고 낱말을 바르게 고쳐 써 보세요.

2 악마가 두 낱말을 문장 안에 넣어서 뒤죽박죽 숨겼어요. 천사가 주는 힌트를 보고 두 글자의 낱말을 찾아 써 보세요.

42

주요 어휘와 낱말을 문제로 풀면서 익히는 어휘 활동

7권과 8권의 커리큘럼을 소개합니다.

권	장	제목	핵심역량	키워드	글감	관련 교과
7	1	**형제와 금화**	지식정보 처리	봉사, 헌신	톨스토이 작품	• [겨울 1학년 2학기] 우리 이웃을 둘러봐요 • [국어 5학년 1학기] 여러 가지 방법으로 읽어요 • [국어 5학년 2학기] 여러 가지 매체
	2	**오줌통**	자기관리	반성, 자아성찰	〈훈자오설〉 중 '요통설'	• [사회 5학년 2학기] 민족 문화를 지켜 나간 조선 • [국어 6학년 1학기] 낱말의 분류 • [국어 6학년 1학기] 속담을 활용해요
	3	**재물의 신과 사랑의 신**	의사소통	물질적 가치, 정신적 가치	오 헨리 작품	• [국어 6학년 2학기] 타당한 근거로 글을 써요 • [국어 4학년 1학기] 내용을 간추려요 • [국어 5학년 1학기] 여러 가지 방법으로 읽어요
	4	**호랑이보다 무서운 것**	공동체	정치, 민심	논어	• [국어 5학년 1학기] 발음이 같거나 비슷한 낱말 구별하여 보기 • [국어 6학년 1학기] 다양한 관점 • [사회 6학년 1학기] 우리나라의 정치 발전
8	1	**허 선비의 장사**	공동체	상업, 경제활동	박지원의 〈허생전〉	• [사회 4학년 2학기] 교류하며 발전하는 우리 지역 • [국어 5학년 1학기] 여러 가지 방법으로 읽어요 • [사회 6학년 1학기] 세계 속의 우리나라 경제
	2	**황금 뇌를 가진 사나이**	자기관리	행복, 불행	알퐁스 도데 작품	• [국어 4학년 1학기] 내용을 간추려요 • [국어 4학년 1학기] 사전은 내 친구 • [국어 6학년 2학기] 타당한 근거로 글을 써요
	3	**공 선생님의 판결**	심미적 감성	인(仁), 효	공자 일화	• [국어 6학년 1학기] 내용을 추론해요 • [국어 6학년 1학기] 속담을 활용해요 • [국어 5학년 2학기] 여러 가지 매체
	4	**고르디아스의 매듭**	창의적 사고	창의적 발상	알렉산드로스 일화	• [국어 5학년 1학기] 글쓴이의 주장 • [국어 5학년 2학기] 지식이나 경험을 활용해요 • [국어 5학년 2학기] 중요한 내용을 요약해요

차례

아따재미 시상식에
오신 것을 환영합니다.
나는 이야기나라의 가라사대왕이에요.
가리사니 여러분들 덕분에 이야기나라가
나날이 재밌어지고 있답니다.
오늘은 그동안 수고한 가리사니들에게
아따재미상을 주는 날이랍니다. 상을 받는
가리사니들에게 많은 축하를 보내 주세요.
다음번 수상자는 바로 여러분이
될 거예요!

아따재미 각 부문 수상 발표

수상자를 발표하겠어요. 모두들 힘찬 박수로 축하해 주세요.

너름새상

헤아림상

애면글면상

기상천외상

SUBSCRIBE

어, 너름새상? 너름새가 뭐야? 아는 분!

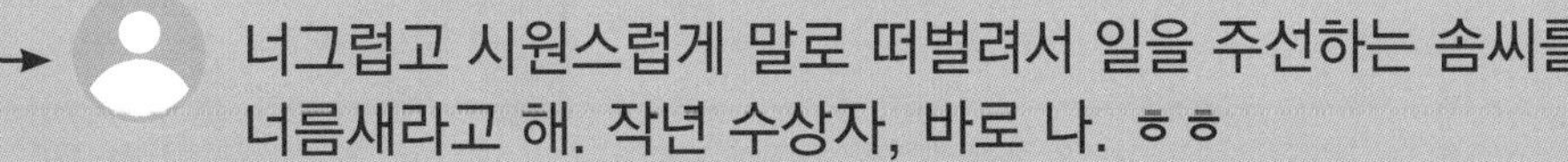

너그럽고 시원스럽게 말로 떠벌려서 일을 주선하는 솜씨를 너름새라고 해. 작년 수상자, 바로 나. ㅎㅎ

애면글면상도 생겼네? 몹시 힘에 겨운 일을 이루려고 갖은 애를 쓰는 모양을 '애면글면'이라고 하던데.

내가 받아야 할 것 같군!

뭐야, 아따재미 시상식? 왜 나는 금시초문이지?

우리도 가리사니가 되어 다음 시상식에 도전해 봐요!

2장 오줌통
1장 형제와 금화
이야기나라

3장 재물의 신과 사랑의 신
4장 호랑이보다 무서운 것

내가 다스리는 이야기나라는 재미있고 별난 일이 많은 곳이에요. 온갖 동물과 식물, 하늘, 땅, 바다, 심지어는 귀신과 도깨비도 어울려 살아가는 곳이니까요. 하지만 말썽도 많고 따따부따 다툼도 많아요. 별난 물건, 엉뚱한 짐승, 남다른 이들이 모여 사니 그럴 수밖에요.

늘 그렇지만 문제가 생기면 모두들 나를 찾는답니다. 이게 무엇인지, 어떤 게 옳은지, 어느 게 진짜인지 가려 달라고 말이에요. 하지만 나 혼자서는 벅차고 힘들어요. 까다롭고 성가신 문제가 얼마나 많은데요! 그래서 우리 친구들에게 가리사니가 되어 달라고 부탁한 거예요. 가리사니는 여기 이야기나라에서 벌어지는 문제들을 해결해 주는 이야기나라의 관리 같은 거예요. 여러분도 가리사니가 되어서 나를 도와주었으면 해요. 가리사니라는 말은 사물을 판단하는 힘이나 능력을 뜻하는 순우리말에서 따왔어요. 벌써 많은 가리사니들이 이야기나라의 문제를 해결하면서 수많은 보고서를 보내주고 있어요.

어렵지 않냐고요?

걱정하지 마세요. 뿌토가 여러분을 도와줄 거예요.

안녕,
내가 바로
뿌토야.

부엉이처럼 큰 눈에, 토끼같이 귀가 크지? 그래서 처음에 이름이 '부토'였는데, 친구들이 장난스럽게 부르다 보니 **뿌토**가 되었어. 나는 눈과 귀가 커서 그런지 눈썰미도 좋고 잘 들어서 아는 것도 엄청 많아. 내가 가리사니들이 무엇을 따져 봐야 할지 콕콕 짚어 줄게.

가리사니가 되면 요지경과 요지카를 선물로 받을 수 있어. 재미있겠지? 그러니까 나만 믿고 잘 따라와!

요지경은
앞으로 만나게 될 이야기를
그림으로 먼저 보여 주는
요술 거울 같은 거야.

요지카는
중요한 낱말을 익히는 데
도움을 주는 요술 낱말
카드 같은 거야.

1장
형제와 금화

관련교과

- **[겨울 1학년 2학기]** 우리 이웃을 둘러봐요
- **[국어 5학년 1학기]** 여러 가지 방법으로 읽어요
- **[국어 5학년 2학기]** 여러 가지 매체

천사에게 혼난 아파나시가 어쩔 줄 모르겠나 봐.
아파나시의 생각이 옳은지 따져 보고,
아파나시가 어떻게 하면 좋을지 말해 줘.

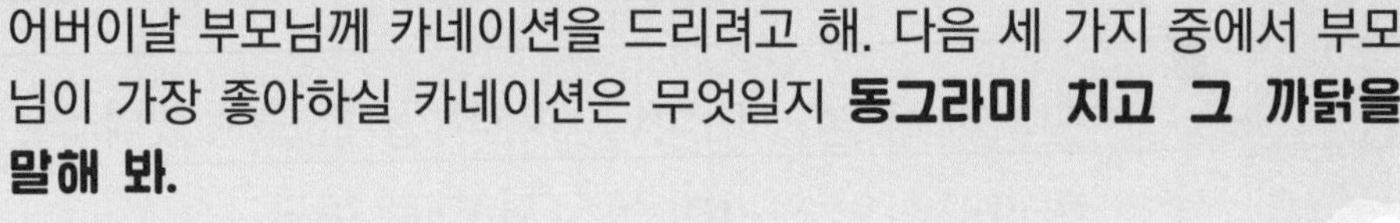

준비하기 진짜 가짜

어버이날 부모님께 카네이션을 드리려고 해. 다음 세 가지 중에서 부모님이 가장 좋아하실 카네이션은 무엇일지 **동그라미 치고 그 까닭을 말해 봐.**

꽃집에서 산
진짜 카네이션

문구점에서 산
가짜 카네이션

직접 만든
색종이 카네이션

훑어보기 첫 번째 요지경

가라사대왕이 이야기나라의 보물, 요지경을 선물로 주었어.
요지경을 보면서 무슨 일이 벌어졌는지 짐작해 보자.

먼저, 활동지에 있는 요지경을 직접 만들어 보자. 활동지 1~4쪽

요지경에 있는 그림을 요리조리 살펴보자.

짐작되지 않거나
궁금한 그림에는 동그라미!

들어보기 이야기를 읽으면서 중요한 낱말은 요지카로 익혀 보자.
초성으로 제시된 낱말을 찾아 색칠해 봐. 활동지 17쪽

아파나시 이야기

마침 잘 오셨어요. 저는 이제 어떡하죠? 제가 주워다 쓴 금화가 악마가 일부러 떨어뜨려 놓은 것이라고 해요. 그 금화로 제가 한 일과 바뀐 생각이 다 악마의 꾐에 빠진 것이래요, 휴….

전 아파나시고요, 동생 요한과 함께 시내에서 좀 떨어진 산에서 살아요. 우리는 가난하고 어려운 사람들을 위해서 일해요. 지치거나 홀로 지내는 이들을 돌보기도 한답니다. 품삯은 한 푼도 받지 않고요. 그저 그 사람들이 조금씩 나눠주는 것을 먹고 살지요. 그렇게 일주일을 일하다가 토요일 저녁에야 산속에 있는 오두막집으로 돌아온답니다. 동생 요한도 마찬가지고요.

● ㄱㅎ : 금으로 만든 동전.

일요일은 바깥에 나가지 않고 집에서 기도하며 그간 있었던 일을 서로 이야기 하면서 보내지요. 그러다 월요일이 되면 다시 각자 도움이 필요한 곳을 찾아 떠난답니다.

왜 이렇게 사느냐고요? 이렇게 사는 게 행복하냐고요? 물론이지요. 다른 이를 위해 사는 게 얼마나 행복한 일인데요. 이런 삶은 신의 뜻인 사랑을 베풀며 사는 것이기도 하지요. 비밀이지만 그래서 우리가 기도할 때면 천사들이 내려와서 우리를 축복해 준답니다. 벌써 여러 해 동안 매주 천사들이 찾아와 우리를 축복해 주고 있는걸요. 얼마나 기쁘고 행복한지 몰라요.

● ㅊㅂㅎㄷ(ㅊㅂㅎ) : 행복을 빌다.

그러던 어느 월요일이었어요. 우리 형제는 변함없이 집을 나와 각자 일터로 떠났지요. 저는 동생과 헤어질 때면 늘 섭섭해 걸음을 멈추고 뒤돌아보고는 하는데요. 동생은 언제나 고개를 숙이고 제 갈 길만 간답니다. 아마도 돌아보면 더 아쉬운 마음이 들어서 그러나 봐요. 그런데요, 그날은 길을 가던 동생이 갑자기 걸음을 멈추더라고요. 뭔가를 발견한 듯 수풀을 뚫어지게 바라보는 것 같았어요. 그러더니 다가가 또 한참 보는가 싶더니 갑자기 뒤로 물러나 산 아래로 내달리는 것이었어요. 그러다가 이번에는 산짐승에게 쫓기듯이 반대로 산 위로 뛰어오르지 뭐예요.

ㅅㅅㅎㄷ(ㅅㅅㅎ) : 서운하고 아쉽다. 애틋하고 아깝다.

이게 무슨 일인가 싶었어요. 동생을 저렇게 날뛰게 만든 것이 대체 뭘까 살펴보러 갔지요. 무언가 햇빛에 반짝이는 게 있었어요. 한 걸음 더 다가가 보니 글쎄, 금화가 아니겠어요. 금화가 수풀에 잔뜩 떨어져 있는 거예요. 담으면 두 자루는 될 것 같았어요. 깜짝 놀랐지요.

하지만 저는요, 동생이 금화를 보고 도망친 게 더 놀랍고 이상했어요. 요한은 왜 그렇게 놀라서 도망치다시피 했을까요? 어디 금화가 나쁜 것인가요? 이걸 어떻게 쓰느냐가 문제지요. 쓰는 사람에 따라서 금화로 나쁜 일을 할 수도 있고 좋은 일을 할 수도 있으니까요. 이 금화로 음식과 옷을 마련해서 형편이 어려운 이웃들에게 나눈다면 얼마나 많은 도움을 줄 수 있겠어요.

또 얼마나 많은 이를 치료하고 상처받은 이를 위로해 줄 수 있겠어요. 그런 생각이 들자 문득 요한과 제가 지금까지 남을 위해서 한 일들은 보잘것없이 느껴졌어요. 그리고 이 많은 금화라면 더 많은 이웃들에게 더 큰 도움을 줄 수 있을 거라는 생각이 머릿속에 가득 찼어요.

제 생각을 요한에게 말하려고 했어요. 그러나 요한은 어느새 저편 산마루까지 달아나 버렸더군요. 뒷모습이 조그만 벌레처럼 보이는 게 불러도 들리지 않을 것 같았어요.

저는 얼른 윗옷을 벗어 보자기 삼아 금화를 담기 시작했어요. 가지고 갈 수 있을 만큼 금화를 싸서 어깨에 메고 시내로 갔지요. 그렇게 산을 몇 번 오르락내리락해서 금화를 다 옮겼답니다. 그리고는 곧장 제가 꿈꾸던 일들을 실천했지요.

- ㅂㅈㄱㅇㄷ(ㅂㅈㄱㅇㅇ) : 볼만한 가치가 없을 정도로 하찮다.
- ㅇㄹㄹㄴㄹㄹ : 올라갔다 내려갔다 하는 것을 되풀이하는 모양.

따져보기1

이야기를 따져 보면서 물음에 답을 찾아봐.

1 아파나시와 요한에 대한 설명으로 틀린 것을 찾아 번호를 쓰고, 틀린 부분을 고쳐 문장으로 다시 써 보세요.

① 가난하고 어려운 사람들을 돌본 대가로 품삯을 받는다.
② 시내에서 떨어진 산에서 살며 일요일에는 일하지 않는다.
③ 다른 이를 위해 사는 게 신의 뜻이라고 생각한다.

2 아파나시와 요한처럼 살면 진짜로 행복할까요? 자신의 생각에 동그라미 치고 이유를 써 보세요.

아파나시와 요한처럼 살면 (행복하다, 행복하지 않다). 왜냐하면 ________

____

3 천사가 아파나시와 요한에게 해 주는 축복은 어떤 것일까요? 짐작해서 써 보세요.

4 아파나시와 요한은 금화를 어떻게 생각하나요? 이들의 생각에 맞게 선을 그어 보세요.

- 금화는 어떻게 쓰느냐에 따라 다르다.
- 금화는 나쁜 것이다.
- 금화로 좋은 일을 할 수 있다.
- 금화는 사람을 나쁘게 만든다.

제일 먼저 장사꾼을 찾아 가서 시내에 땅을 샀어요. 집을 짓는 데 필요한 돌과 나무를 사들이고, 일꾼들도 불렀어요. 세 달만에 집 세 채를 지었답니다. 한 채는 고아들과 오갈 데 없이 홀로 사는 이들을 돌보기 위한 집이고, 또 한 채는 병들고 아픈 이들을 위한 병원이었지요. 나머지 한 채는 순례자와 가난한 이들이 쉼터로 쓸 집이고요.

물론 이 세 집을 맡아볼 관리인도 찾았지요. 믿음직스러운 세 사람을 골라서 각각 집을 맡겼답니다. 그러고도 금화가 삼천 냥이나 남더군요. 그래서 세 사람에게 천 냥씩 맡겨서 가난한 이들에게 나누어 주도록 했습니다.

제 생각대로 세 채의 집에는 사람들이 바글바글했답니다. 모두들 제가 한 일을 칭찬하더군요. 저도 모르게 어깨가 으쓱해지고 마음이 뿌듯해서 그냥 이곳에서 계속 살고 싶을 정도였어요. 하지만 전 사람들과 작별했어요. 사랑하는 동생 요한을 혼자 내버려 둘 수는 없으니까요. 저는 금화는커녕 땡전 한 푼 없이 시내에 올 때 입었던 헌옷 차림 그대로 떠나왔지요.

멀리 저와 요한이 사는 오두막이 보일쯤, 이런 생각이 들더군요.

'요한이 금화를 보고 못 볼 것을 본 것처럼 놀라 달아나 버린 것은 어리석은 일이야. 역시 내 생각이 옳고 내 생각대로 하길 잘했어. 금화 덕분에 많은 사람들을 도울 수 있었어. 요한과 내가 지금까지 해 온 일보다 훨씬 가치 있는 일이지.'

- ㅁㅇㅂㄷ(ㅁㅇㅂ) : 어떤 일에 대한 책임을 지고 담당하여 직무를 수행하다.
- ㅈㅂ : 서로 헤어지는 것, 이별의 인사를 나누는 것.

따져보기2

이야기를 따져 보면서 물음에 답을 찾아봐.

사실 **1** 아파나시가 요한과 자신이 지금까지 남을 위해 한 일들이 보잘것없다고 생각하는 이유는 무엇인가요? 문장에 알맞은 낱말을 써 보세요.

이 많은 [ ] (이)라면 더 많은 이웃들에게 더 큰 [ ] 을/를 줄 수 있어서 지금까지 한 일들이 보잘것없다고 생각했다.

2 아파나시가 금화로 한 일들은 예전에 했던 일들과 무엇이 다를까요? 다른 점을 생각해서 써 보세요.

3 왜 아파나시는 시내에서 계속 살고 싶었을까요? 알맞은 이유를 찾아 동그라미 쳐 보세요.

- 꿈꾸던 일을 계속 실천하면서 살고 싶었기 때문이다. [ ]
- 모두들 아파나시를 칭찬하자 마음이 뿌듯해졌기 때문이다. [ ]
- 동생 요한과 산속에서 사는 게 지겨웠기 때문이다. [ ]

4 아파나시는 금화를 보고 달아난 요한이 어리석다고 생각해요. 아파나시의 생각에 동의하는지 이유와 함께 써 보세요.

"금화로 많은 사람을 돕는 건 요한과 내가 지금까지 해 온 일보다 훨씬 가치 있어."

아파나시의 생각에 (동의한다, 동의하지 않는다).

그렇게 혼자 흐뭇해하면서 오두막을 향해 산길을 오를 때였어요. 갑자기 눈앞에 어른어른 무엇인가 나타났어요. 세상에, 천사였어요! 예전에 우리 형제를 축복해 주던 바로 그 천사 말입니다. 그런데 천사가 저를 몹시 싸늘한 눈으로 쏘아보는 게 아니겠어요. 마치 잘못한 이를 나무라는 것처럼 말이에요. 저는 너무 놀라 까무러칠 뻔했어요. 겨우 입을 열어 물어봤지요.

"천사님, 왜 그렇게 무서운 눈으로 보시나요?"

그러자 천사는 너무나 뜻밖의 말을 하지 뭐예요!

"여기서 떠나거라, 너는 여기서 요한과 같이 지낼 만한 사람이 못 된다!"

아니, 이게 무슨 소리인가요! 도대체 제가 무엇을 잘못했길래… 저는 제 잘못이 무엇인지 물어보았어요.

"네가 금화로 이루어 놓은 모든 일이 잘못이다. 요한처럼 금화를 보고 멀리 달아난 일이 잘한 일이다."

● ㅇㄹㅇㄹ : 무엇이 보이다 말다 하는 모양.

따져보기3

이야기를 따져 보면서 물음에 답을 찾아봐.

1 수풀에서 금화를 잔뜩 발견한다면 어떻게 할 건가요? 이유와 함께 써 보세요.

2 천사가 생각하는 아파나시의 잘못은 무엇인가요? 이야기에서 찾아 써 보세요.

3 천사의 말을 들은 아파나시의 마음은 어땠을까요? 아파나시의 마음을 표현한 그림말에 들어갈 알맞은 낱말을 써 보세요.

"너는 요한과 같이 지낼 만한 사람이 못 된다."

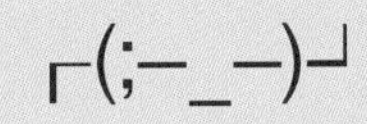

ㅠ_ㅠ

4 요한은 왜 금화를 보고 달아났을까요? 요한의 생각을 짐작해서 써 보세요.

좀 어이없었어요. 그래서 제가 금화를 가지고 이룬 일들을 자세히 말했지요. 그런데 제 말을 듣던 천사는 안타까워하면서 말했어요.

"아파나시야, 넌 악마가 바라는 대로 마음이 변해 버렸구나. 너의 마음을 변하게 하려고 금화를 떨어뜨려 놓은 그 악마 말이다."

도무지 무슨 말인지 알 수가 없었지요. 천사는 알 수 없는 말만 남기고는 사라졌어요.

"이웃을 사랑하는 일은 돈으로 이룰 수 있는 게 아니라, 몸소 실천하면서 이룰 수 있다."

어안이 벙벙했어요. 내가 한 일이 요한이 한 일보다 못하고, 이웃을 사랑하는 일이 아니라니요. 악마가 바라는 대로 내 마음이 변했다니요. 뭐가 뭔지 모르겠어요. 저는 요한에게 가야 할까요, 여기를 떠나야 할까요?

- ㅁㅅ : 직접 제 몸으로.
- ㅇㅇㅇ ㅂㅂㅎㄷ(ㅇㅇㅇ ㅂㅂㅎㅇㅇ) : 말을 못할 정도로 어이없다.

따져보기4

이야기를 따져 보면서 물음에 답을 찾아봐.

1 아파나시가 금화로 이룬 일들은 칭찬받을 만한가요? 자신의 생각을 써 보세요.

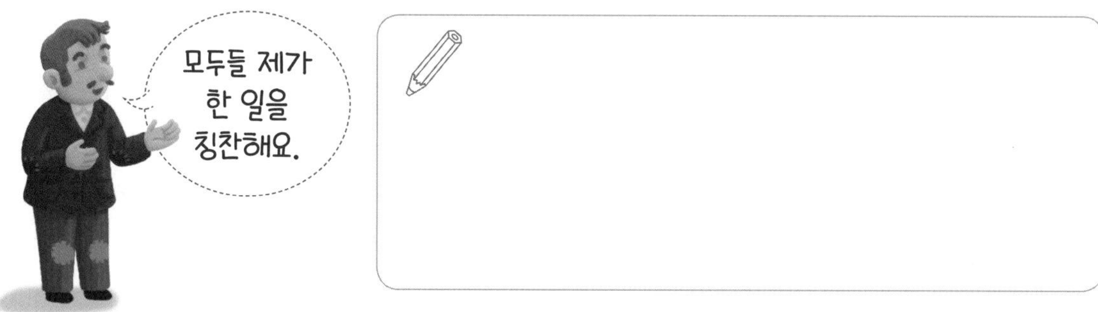
모두들 제가
한 일을
칭찬해요.

2 천사의 말처럼 아파나시의 마음이 변했다고 생각하나요? 자신의 생각에 동그라미 치고 이유를 써 보세요.

아파나시의 마음은 (변했다, 변하지 않았다). ____________________

____

3 아파나시와 요한 중에서 누가 더 이웃을 사랑하는 것 같나요? 가치수직선에 색칠해 보세요.

이웃 사랑

4 다음은 아파나시와 요한 중에서 누구의 생각과 어울리는 행동일까요? 인물 스티커를 붙여 보세요.

스티커

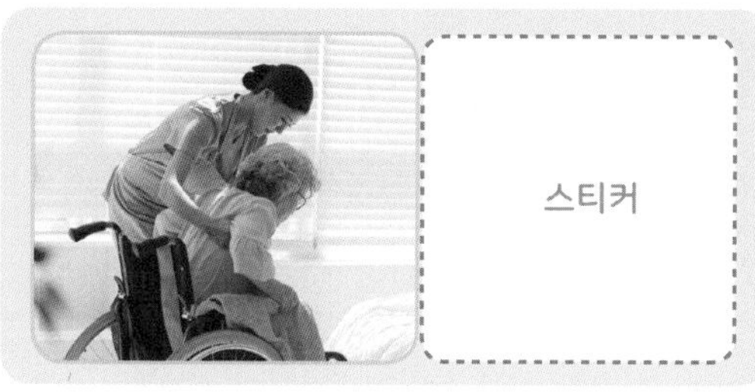
스티커

간추리기1 아파나시 동영상

아파나시 이야기를 동영상으로 만들려고 해.

첫 화면에 들어갈 그림을 그리고 빈 곳에 알맞은 내용을 써 봐.

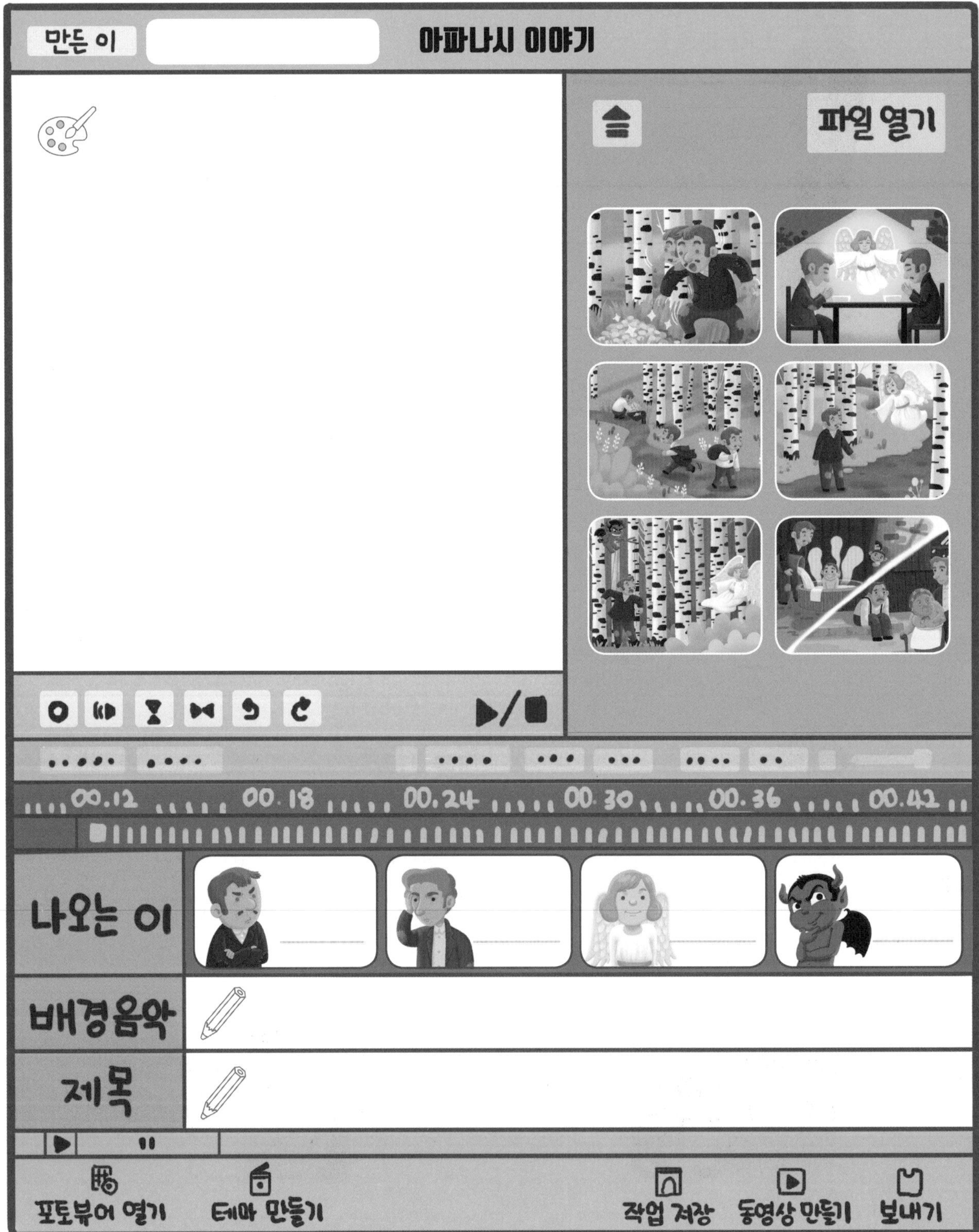

간추리기2 아파나시 만화

아파나시 이야기를 만화로 만들려고 해.
말풍선에 들어갈 내용을 써서 완성해 봐.

짚어보기1 천사와 악마

사실은 천사와 악마가 아파나시를 계속 지켜보고 있었대. 아파나시를 보는 **천사와 악마의 마음이 어땠을지 짐작해서 그림말을 붙여 봐.**

내 꾀에 안 넘어올 사람이 없을걸?

글쎄? 그건 두고 봐야 할걸?

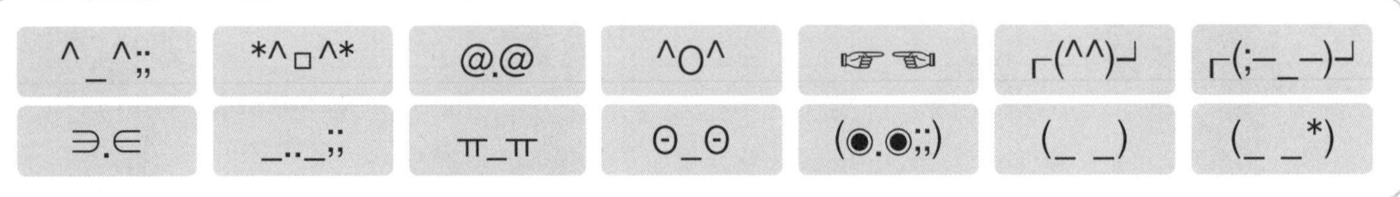

짚어보기2 요한 인터뷰

천사가 아파나시와는 다르게 행동한 요한에게 궁금한 게 있어서 물어보았대.
요한이 뭐라고 답했을지 짐작해서 써 봐!

수풀에서 금화를 보았을 때 왜 달아났니?

그건요,

처음에는 산 아래로 내달리더니 갑자기 왜 산 위로 뛰어갔니?

생각해 보니까요,

왜 아파나시에게 얘기도 안 하고 너 혼자만 달아났니?

아, 그건요…

아파나시가 시내에 집 세 채를 지었을 때 왜 안 찾아갔니?

사실은요,

짚어보기3 아파나시의 질문

천사와 요한의 인터뷰를 들은 아파나시도 천사에게 궁금한 것을 물어보았대.
천사가 아파나시의 질문에 뭐라고 답했을지 짐작해서 써 봐.

금화는 나쁜 건가요,
좋은 건가요?

금화는 ______________________

____

____

금화를 가지고
좋은 일을 하면
좋은 건가요,
나쁜 건가요?

____

____

____

금화를 가지고
나쁜 일을 하면
사람이 나쁜 건가요,
금화가 나쁜 건가요?

____

____

____

짚어보기4 두 아파나시

아파나시에게 도움을 받은 사람들은 어떤 아파나시를 더 좋아할까?
좋아하는 만큼 좋아요 스티커를 붙여 봐.

몸소 돌보는 아파나시

금화를 나눈 아파나시

고아들과 홀로 사는 이들

병들고 아픈 이들

순례자와 가난한 이들

짚어보기5 악마의 꾀

금화는 사실 악마의 비밀 작전이었는데, 작전이 들키자 악마가 비밀 작전 계획서를 부랴부랴 지웠대. **지워진 부분에 알맞은 내용을 써 봐.**

악마 작전 제 ○○호 ○○○○년 ○○월 ○○일

작전 이름 미션 금파서블

작전 담당 악마

작전 계획

① **대상** 시내에서 좀 떨어진 산에 사는

② **목적** 두 형제가 이웃을 사랑하는 일을

③ **방법** 1) 산 오두막에서 시내로 가는 길 수풀에

2) 금화로 더 많은

3) 다른 이를 위해서 그동안 했던 일이

4) 이웃들의 칭찬을 받고 우쭐해져

④ **시기** 천사가 축복해 주고 가는 일요일 다음 날 개시한다.

기타

보고하기 가리사니 생각

천사에게 혼난 아파나시는 어떻게 하면 좋을까? 아파나시가 어떻게 해야 할지 **타당한 근거를 들어 네 생각을 써 봐.**

문제 상황 1 → **내가 한 일이 요한이 한 일보다 못하고, 이웃을 사랑하는 일이 아니라니요.**

문제 상황 2 → **악마가 바라는 대로 내 마음이 변했다니요.**
뭐가 뭔지 모르겠어요.

문제 상황 3 → **저는 요한에게 가야 할까요? 여기를 떠나야 할까요?**

제목

서론
문제 상황
+
내 주장

본론
근거 1

근거 2

결론
요약
+
강조

어휘다지기 아파나시 뒤풀이

아파나시가 낱말 퀴즈 뒤풀이를 열었어. 낱말 퀴즈를 풀어서 가리사니 힘을 다져 보자고. **요지카를 보면서 문제를 풀어 봐.**

1 다음 문장에서 틀린 글자를 찾아 X표 하고 낱말을 바르게 고쳐 써 보세요.

2 악마가 두 낱말을 문장 안에 넣어서 뒤죽박죽 숨겼어요. 천사가 주는 힌트를 보고 두 글자의 낱말을 찾아 써 보세요.

뭐, 내 작전이 별로라고?
조금 화가 나네!

치, 금으로 만든 동전?
잘 있어, 안녕!

3 악마가 어떤 낱말의 반대말을 엉뚱하게 풀이했어요. 엉뚱한 반대말 풀이를 보고 빈칸에 들어갈 글자를 써 보세요.

아이아이는
□ 른 □ 른 의 반대말!
보잘것있다는
□ □ □ 없 □ 의 반대말!
어밖이 벙벙하다는
□ 안 □ □ □ □ □ 의 반대말!

4 요한과 아파나시가 서로 수수께끼를 주고받아요. 수수께끼의 답을 요지카에서 찾아 써 보세요.

일하지 않고 쉬는 소는
휴게소!
그럼 직접 제 몸으로
일하는 소는
□ 소
딱지치기하는 재미는
엎치락뒤치락!
시소 타는 재미는
□ □ 락 □ □ 락

2장
오줌통

관련교과

- [사회 5학년 2학기] 민족 문화를 지켜 나간 조선
- [국어 6학년 1학기] 낱말의 분류
- [국어 6학년 1학기] 속담을 활용해요

김 선달이 이 대감 아들의 버르장머리를 고쳐 주었는데,
이를 두고 사람들이 잘했네 잘못했네 말이 많나 봐.
김 선달 이야기를 듣고 잘잘못을 가려 줘!

준비하기 편의점 사건

다음 신문 기사를 읽고, **사건에서 누가 잘못했는지 동그라미 친 후 그 까닭을 말해 봐.**

시소 뉴스

속보 정치 경제 사회 문화 체육

쳇, 아줌마가 무슨 상관

진짜루 기자 / 입력 20△△. △△. △△

처음 보는 아이들이 싸우거나 다툰다면 어떻게 해야 할까. 대부분 잘 타이르거나 달래서 싸움을 말릴 것이다. 그런데 최근 아이들을 훈계하다 어른들이 폭력까지 휘둘러 법적 문제에 휘말리는 사건이 일어났다.

사건이 발생한 시간은 어제 오후 3시 20분, ㄱ씨는 편의점에서 덩치 큰 초등학생 4학년 ㄴ군이 더 어려 보이는 ㄷ군을 때리는 것을 보았다. ㄴ군이 지나가는데 ㄷ군이 비켜 주지 않았다는 것이 이유였다. ㄱ씨가 ㄴ군에게 친구를 왜 때리느냐고 한마디 하자 ㄴ군은 '쳇, 아줌마가 무슨 상관이냐'며 대꾸했다. 순간 화가 난 ㄱ씨는 ㄴ군의 머리를 한 대 쥐어박았다. 그런데 마침 이때 편의점으로 들어온 ㄴ군의 어머니 ㄹ씨가 자기 아들이 맞는 모습을 보았고, ㄹ씨는 ㄱ씨를 경찰에 신고했다.

ㄱ씨

ㄴ군

ㄷ군

ㄹ씨

훑어보기 두 번째 요지경

가라사대왕이 이야기나라의 보물, 요지경을 선물로 주었어.
요지경을 보면서 무슨 일이 벌어졌는지 짐작해 보자.

먼저, 전개도를 이용해서 요지경을 직접 만들어 보자. 활동지 5~8쪽

요지경에 있는 그림을 요리조리 살펴보자.

짐작되지 않거나
궁금한 그림에는 동그라미!

들어보기 이야기를 읽으면서 중요한 낱말은 요지카로 익혀 보자.
초성으로 제시된 낱말을 찾아 색칠해 봐. 활동지 19쪽

김 선달 이야기

예, 제가 바로 그 버르장머리 없는 이 대감 아들놈을 패 준 김 선달이에요. 이 대감 체면을 봐서 꾹 참고 있었지만, 이 대감이 돌아가셔도 버릇을 고치지 못하길래 혼내 주었지요. 아마 제가 아니었더라도 다른 양반이 혼쭐내 줬을 거예요.

이 대감 아들 녀석이 또 저잣거리 오줌통에 오줌을 싸고 있는 게 아니겠어요. 그래서 몽둥이로 후려쳤지요. 쓰러졌다 깨어난 녀석을 묶어다가 저잣거리에 팽개쳐 두고 오가는 사람들에게 두드려 맞게 했어요. 흠씬 얻어맞고 그 자리에 쓰러진 녀석을 대감 집 사람들이 떠메고 돌아갔는데, 한 달이 다 지나도록 자리에서 일어나지 못했다고 하더군요.

저잣거리에서 오줌 좀 싼 게 무슨 큰 죄냐고요? 큰 죄지요! 양반 체면에 먹칠을 한 것이니까요. 상민이면 몰라도 양반 신분으로 그런 짓을 하면 체면을 더럽힌다고 해서 '불결죄'로 다스리게 되어 있거든요.

- ㅈㅈㄱㄹ : 가게가 죽 늘어서 있는 거리.
- ㅅㅁ : 예전에 양반이 아닌 보통 백성을 이르는 말.

저잣거리의 으슥한 곳에는 관가에서 갖다 놓은 오줌통이 있어요. 저잣거리를 오가는 사람들이 급하게 볼일을 봐야 할 때 사용하는 건데요, 양반은 아무리 급해도 그곳에 오줌을 누어서는 안 돼요. 그런데 평소에도 품행이 좋지 않은 이 대감 아들 녀석이 몰래 저잣거리를 드나들며 그곳에다 오줌을 누는 것이었어요.

물론 이 대감이 알고는 단단히 나무라고 행동을 바르게 하라며 타일렀지요. 하지만 이 대감 말씀을 듣지 않고 매일같이 거기다 오줌을 찍찍…!

오줌통을 맡아보던 관리도 이 대감 아들 녀석을 말리고 싶었대요. 하지만 이 대감의 위세가 두려워서 감히 어쩌지 못했던 거예요. 양반뿐만 아니라 저잣거리 사람들 모두 말은 못했지만 불쾌했겠죠. 양반 체면을 다 깎아 먹는 짓이니까요.

- **ㅇㅅㅎㄷ(ㅇㅅㅎ)** : 무서울 만큼 외따로 떨어져 있고 조용하다.
- **ㅇㅅ** : 사람을 두렵게 하여 복종하게 하는 힘.

그런데 말이지요, 이 녀석이 못된 짓을 도리어 즐기는 것 같았어요. 무슨 대단한 일이나 하는 것처럼 생각하더라고요. 간혹 불결죄가 두려워 감히 오줌을 누지 못하는 양반이 있으면 오히려 비웃고 다녔어요.

"저런, 도대체 뭐가 두려워서 그렇게 겁을 먹는 건가? 난 매일같이 오줌을 싸도 아무 탈이 없네."

들리는 얘기에 따르면, 이 대감도 제멋대로 행동하고 다니는 아들 녀석을 많이 꾸짖었다고 하더라고요.

"이런 고얀 녀석, 양반 자식이면서 부끄럽지도 않느냐? 수많은 사람이 드나드는 저잣거리에서 대낮에 오줌을 누는 행동은 상스러운 짓이다. 여러 사람의 눈이 지켜보는데 어찌 그리 잘못된 행동을 한단 말이냐. 그런 짓을 계속 하다가는 자칫 화를 당할 텐데, 어찌 심각한 줄도 모르고 어리석게도 재미있다는 생각을 하는 게야!"

하지만 이 못된 아들 녀석은 이 대감에게 뭐가 잘못이냐며 오히려 따지면서 대들었대요.

● ㅅㅅㄹㄷ (ㅅㅅㄹㅇ) : 말이나 행동이 교양이 없고 낮고 천하다.

따져보기1

이야기를 따져 보면서 물음에 답을 찾아봐.

1 이 대감 아들에 대한 설명으로 틀린 것을 찾아 번호를 쓴 다음, 바르게 고쳐 써 보세요.

① 저잣거리 오줌통에 오줌을 싸고 다닌다.
② 평소에 품행이 좋지 않다.
③ 오줌통에 오줌을 누는 양반을 비웃고 다닌다.

(　　)

2 저잣거리 오줌통에 오줌을 쌀 수 있는 사람은 누구일까요? 모두 골라 동그라미 쳐 보세요.

- 짚신을 팔러 온 짚신 장수 (　　)
- 떡집에 떡을 사러 온 농사꾼 (　　)
- 대장간에서 낫을 벼리던 대장장이 (　　)
- 저잣거리에서 엿을 파는 엿장수 (　　)
- 과거를 보러 가는 길에 저잣거리를 지나던 김 생원 (　　)

3 이 대감 아들이 오줌통에 오줌 싸는 모습을 한 낱말로 표현한다면 무엇이 알맞을까요? 다음에서 골라 빈칸에 써 보세요.

건들건들	우물쭈물	아등바등

이 대감 아들은 대낮에 사람들이 지켜보는데도 (　　　　　　　　) 오줌을 싼다.

4 양반들은 왜 저잣거리 오줌통에 오줌 싸는 것을 두려워할까요? 알맞은 이유를 생각해서 써 보세요.

"급하면 아무리 양반이라도 잠시 체면을 내려놓을 수 있잖아요. 왜 아버지는 그렇게 꽉 막힌 말씀만 하시는 겁니까? 양반 체면이 대신 오줌을 싸 주는 건 아니에요."

하, 이렇게 말하는 겁니다. 사실 이 대감 아들이 처음부터 오줌통에 오줌을 싼 건 아니었대요. 이 대감 아들도 양반 체면에 그곳에다 오줌 누는 것을 처음에는 당연히 껄끄럽게 생각했나 봐요. 그런데 어느 날 오줌이 너무나 급해 어쩔 수 없이 모른 척하고 오줌통에다 오줌을 쌌대요. 그런데 그게 그렇게 편할 수가 없었다는 거예요.

그다음부터는 어쩐 일인지 거기에 오줌을 싸지 않으면 마음이 불편했대요. 게다가 처음에는 이 대감 아들을 보고 비웃는 사람들이 많았는데 자꾸 오줌을 싸다 보니 점차 말리는 이도 줄어들었나 봐요. 나중에는 아예 오줌 누는 모습을 옆에서 지켜보면서도 욕 한마디 하지 않았대요. 그러니 이 대감 아들은 그곳에 오줌을 눈다 하더라도 양반 체면에 흠이 될 게 하나도 없다고 생각했겠죠.

참, 기가 찰 노릇이지요. 저도 이렇게 기가 차는데 이 대감은 오죽했겠어요. 이 대감은 그래도 끝까지 알아듣게 타일렀대요.

● ㅇㅈㅎㄷ(ㅇㅈㅎㄱㅇㅇ) : 정도가 매우 심하거나 대단하다.

따져보기2

이야기를 따져 보면서 물음에 답을 찾아봐.

1 양반이 저잣거리 오줌통에 오줌을 싸면 불결죄로 다스리는 게 마땅하다고 생각하나요? 자신의 생각에 동그라미 치고 이유를 써 보세요.

양반을 불결죄로 다스리는 게 (마땅하다, 못마땅하다). 왜냐하면 ________

____

2 왜 사람들은 처음에는 이 대감 아들을 말리다가 나중에는 욕 한마디 하지 않는 걸까요? 이유를 써 보세요.

3 다음에서 누구의 말이 옳다고 생각하나요? 두 사람의 주장을 비교해서 동그라미에 >, =, <를 알맞게 쓰고 이유를 말해 보세요.

급하면 양반 체면을 내려놓을 수 있어요. 양반 체면이 대신 오줌을 싸 주는 게 아니에요.

수많은 사람이 드나드는 저잣거리에서 대낮에 오줌을 누는 것은 상스러운 짓이다.

4 여러분이 양반이라면 오줌이 너무 급할 때 이 대감 아들처럼 할 건가요? 자신의 생각에 동그라미 치고 이유를 써 보세요.

오줌통에 오줌을 | 싼다. ( ) | 안 싼다. ( )

"처음에 사람들이 너를 비웃은 것은 그나마 너를 양반으로 여겼기 때문이다. 비웃음 당한 네가 스스로 멈추기를 바랐던 것이지. 그런데 이제 옆에서 보면서도 비웃지 않고 욕하지 않는 것은 너를 아예 사람으로 여기지 않기 때문이다. 사람이 잘못을 저질러도 비웃지 않는 것은 짐승처럼 여기기 때문이지. 개나 돼지가 길바닥에 오줌을 싼다고 해서 사람들이 비웃지 않는 것과 같단다."

이 대감은 이런 이치를 깨닫지 못하는 아들이 참 딱하고 지켜보자니 마음이 너무 슬펐대요. 자기 자식이 다른 사람에게 짐승 취급을 받으니 한숨만 나왔겠지요.

그런데 이 아들 녀석이 뭐라고 대꾸한 줄 아세요? 어느 누구도 잘못되었다고 여기지 않는데 아버지만 괜히 그런다고 했답니다, 글쎄! 다른 이들은 아무 말이 없는데 아버지만 자기를 나쁘게 보고 꾸짖는다며 대들었대요. 아무리 따끔하게 일러도 도무지 아무 소용이 없었지요.

따져보기3

이야기를 따져 보면서 물음에 답을 찾아봐.

논리 **1** 개나 돼지가 길바닥에 오줌을 싸는 것과 사람이 길바닥에 오줌을 싸는 것은 다를까요? 자신의 생각에 동그라미 치고 까닭을 써 보세요.

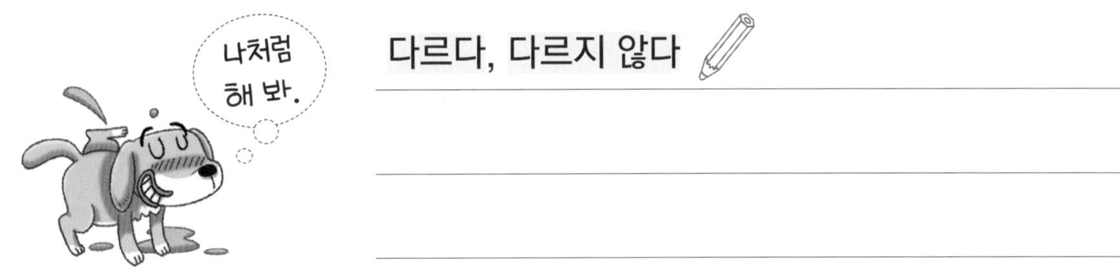

추론 **2** 이 대감처럼 자식의 잘못을 따끔하게 꾸짖는 부모의 태도와 관련된 속담은 무엇일까요? 빈칸에 들어갈 낱말을 써서 속담을 완성해 보세요.

귀한 자식 ( ) 한 대 더 때리고 미운 자식 ( ) 한 개 더 준다.
아이에게 당장 좋게만 해 주는 것이 오히려 버릇을 가르치는 데 해롭다는 뜻이지.

비판 **3** 저잣거리 사람들이 이 대감 아들을 거들떠보지 않는 행동은 옳다고 생각하나요? 가치수직선에 색칠해 보고 이유를 말해 보세요.

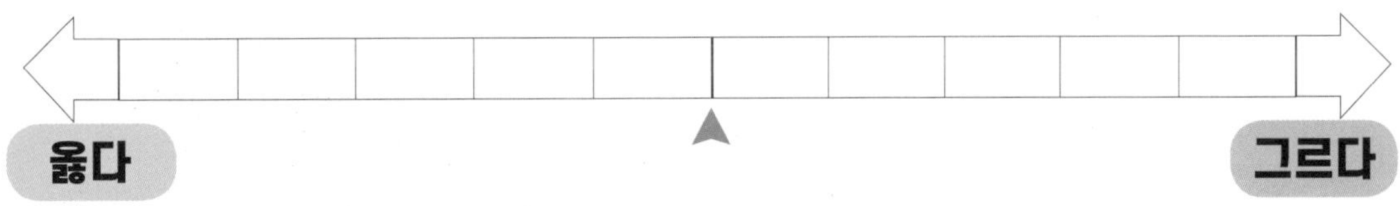

창의 **4** 이 대감 아들의 버릇을 고칠 좋은 방법은 없을까요? 아들이 더 이상 오줌통에 오줌을 싸지 못하도록 좋은 방법을 생각해서 써 보세요.

이 대감은 마지막 진심을 담아 타일렀대요.

"아비이기 때문에 자식의 잘못을 보면 마음이 쓰리고 머리가 아파서 잘못을 고치기를 바라는 것이다. 이런 아비의 마음을 모르겠느냐. 부모가 없는 사람은 나무라고 깨우쳐 주는 사람도 없는 법이다. 아비가 죽고 나면 이 말의 뜻을 알게 될 거다."

하지만 아버지의 꾸지람을 듣고도 정신 못 차린 이 녀석은 오히려 늙은 아버지가 제대로 듣지도 않고 잘 알지도 못하면서 자기만 나무란다며 떠들고 다니더라고요. 얼마 지나지 않아 이 대감이 세상을 떠났다는 소식이 들렸어요. 그런데도 이 녀석은 평소처럼 오줌 누던 곳에 가서 볼일을 보고 있더라고요.

그래서 참다못해 녀석을 몽둥이로 후려쳤어요. 녀석은 정신을 잃고 쓰러지더니 잠시 후 정신을 차리자 저를 붙들고 화를 내더라고요.

- ㄲㅈㄹ : 아랫사람의 잘못을 꾸짖는 말.
- ㅎㄹㅊㄷ(ㅎㄹㅊㅇㅇ) : 주먹이나 채찍 따위를 휘둘러 힘껏 때리다.

따져보기4

이야기를 따져 보면서 물음에 답을 찾아봐.

1 아버지의 말을 귀담아듣지 않는 이 대감 아들에게 필요한 속담은 무엇일까요? 다음에서 찾아 동그라미 쳐 보세요.

쓴 약이 더 좋다.

쓰면 뱉고 달면 삼킨다.

쓰다 달다 말이 없다.

2 김 선달이 이 대감 아들을 몽둥이로 후려친 이유는 무엇일까요? 김 선달 입장이 되어서 써 보세요.

내가 몽둥이로 후려친 이유는 

3 김 선달이 이 대감 아들을 때린 행동은 잘한 일일까요? 자신의 생각에 동그라미 치고 이유를 써 보세요.

이 대감 아들을 때린 건 (잘한, 잘못한) 행동이다. 왜냐하면 ____________

____

창의

4 이 대감 아들이 자신의 친구라면 무슨 말을 해 주고 싶나요? 하고 싶은 말을 깨톡에 써 보세요.

감히 자기를 때렸다면서 따지더군요.

"이곳에 오줌을 눈 지 십 년이 다 되어도 온 저잣거리 사람들이 말 한마디도 하지 않는데 김 선달님이 뭔데 저를 건드리는 겁니까?"

녀석이 못된 주둥이를 놀리더라고요.

그래서 십 년 넘게 참은 저잣거리 사람들을 대신해서 내가 분풀이를 한 것이라고 말해 주었지요. 그러고는 녀석을 꼼짝달싹 못 하게 묶어서 저잣거리 한복판에 팽개쳐 두었어요. 오가는 사람들에게 흠씬 얻어맞아 보라고요.

어떻게 되기는요, 그 자리에 쓰러진 녀석을 그 집 사람들이 떠메고 돌아갔지요. 그래서 한 달이 다 지나도록 자리에서 일어나지 못했던 거예요.

● ㅂㅍㅇ : 분하고 원통한 마음을 풀어 버리는 일.

다행히 이 대감 아들은 그렇게 뭇매를 맞고 반성했다고 하더군요. 돌아가신 아버지의 가르침을 생각하며 슬피 울었다나요. 아버지의 말씀이 꼭 들어맞는구나, 아버지의 말씀을 들으려고 해도 이제 들을 수가 없구나 하면서요. 아버지 무덤 앞에 엎드려 예전 버릇을 고치겠다고 맹세까지 했대요. 그런 소식을 들으니 좀 흐뭇하고 뿌듯해지는 것 같았어요.

그런데요, 이게 무슨 소리죠? 제가 그 녀석을 혼내 준 게 잘한 일만은 아니라는 말이 나도는 거예요. 의도는 이해하지만 함부로 사람을 때리면 안 된다면서요, 나 참!

귀한 자식 매로 키운다는 말도 있는데, 하물며 짐승 같은 녀석을 다스리느라 매를 든 건데. 무슨 잘못이라는 것인지…. 내가 그러지 않았어도 틀림없이 누군가가 나서서 그 녀석 버르장머리를 고쳐 주었을 거예요. 안 그래요?

● ㅁㅁ : 여러 사람이 한꺼번에 덤비어 때리는 매.

간추리기1 김 선달 검색어

김 선달을 인터넷에서 검색하면 연관 검색어로 뜨는 단어를 모았어.
검색어에 순위를 매겨 보고, 검색어와 관련된 내용도 써 봐.

김 선달

양반 · 이 대감 · 관리 · 잘못 · 소문 · 이 대감 아들 · 체면 · 반성 · 분풀이 · 무덤 · 뭇매 · 불결죄 · 체통 · 짐승 · 저잣거리 · 맹세 · 버르장머리 · 관심 · 오줌통 · 몽둥이 · 상민

1

2

3

4

5

6

7

8

간추리기2 김 선달 SNS

김 선달이 이 대감 아들 이야기를 SNS에 올리려고 하는데 사진 설명이 필요해. **해시태그에 들어갈 사진 설명을 써 봐.**

❶

#

❷

#

❸

#

❹

#

❺

#

❻

#

짚어보기1 불결죄

저잣거리에 있는 오줌통에 오줌을 누어도 되는 사람은 누구일까?
오줌을 누어도 되는 사람에게는 O표, 안 되는 사람에게는 ×표, 잘 모르겠으면 △표 해 봐.

불결죄는 곤장이 열 대요!

아이고, 오줌이 마렵군.

어험, 내 급하니 잠시 실례를 하겠다.

세상천지에 오줌 안 싸는 사람이 있나?

에라, 모르겠다. 급하면 싸는 거지.

중인 양반 천민 상민

그럼, 나도!

지저분한 죄, 불결죄라고? 시원하고 편하기만 한데···
왜?

짚어보기2 앗 양반이

오줌통에 오줌을 싸는 이 대감 아들을 지켜보는 사람들의 마음은 어땠을까?

이들의 마음을 짐작해서 속마음을 써 봐.

김 선달

관리

상민

짚어보기3 이 대감의 유언

이 대감이 아들에게 남긴 유언장인데 모두 양반에 관한 속담들이야.
빈칸에 들어갈 알맞은 낱말을 찾아 써 봐!

아들 보아라!

아들아,

양반은 죽을 먹어도 □를 쑤신다.

양반은 체통을 차리느라고 없는 티를 내지 않는다는 말.

양반은 안 먹어도 긴 □□!

양반은 가난해서 식사를 못했더라도 마치 배불리 먹은 것처럼 길게 ○○하는 법이라는 말.

양반은 죽어도 □□ 쓴다.

체면을 지극히 생각한다는 말.

양반은 □에 빠져도 개헤엄은 안 한다.

양반은 아무리 위급한 때라도 체면을 유지하려고 노력한다는 말.

양반은 얼어 죽어도 □□을 안 쬔다.

양반은 아무리 궁하거나 다급한 경우라도 체면을 깎는 짓은 하지 않는다는 말.

체면과 체통을 지켜라!

아버지가

트림

이

겻불
겨를 태우는 불

문자

물

짚어보기4 양반 체면

양반의 체면이란 무엇일까? 책 〈양반전〉에 나온 양반이 체면을 지키는 방법을 읽고, **체면을 중요하게 여기는 게 좋은지 나쁜지 써 봐.**

〈양반전〉

3장. 양반의 조건

손으로 돈을 만지지 말고 쌀값을 묻지 않는다.
아무리 더워도 버선을 벗지 말고,
밥을 먹을 때 상투 바람으로 먹지 않는다.
밥 먹을 때는 국부터 마시지 않고 넘어가는 소리를 내지 않는다.
젓가락을 자주 놀리지 않고 생파를 먹지 않는다.
화가 나도 아내를 때리지 말고,
주먹으로 아이를 때리지 않는다.
병들어도 무당을 부르지 않는다.
제사를 지내는 데 중을 불러 재를 올리지 않는다.
화롯불에 손을 쬐면 안 된다.
말할 때 침이 튀면 안 된다.
아무리 급해도 뛰면 안 된다.

양반 체면 지키기 어렵다멍 ~
체면이 밥 먹여 주나? 아니지, 체면이 오줌 대신 싸 주나!

양반이 체면을 중요하게 여기는 건 (좋다, 나쁘다). 왜냐하면

짚어보기5 네 죄를 네가

사또가 이 대감 아들 이야기를 듣고는 관련 있는 사람들을 모조리 잡아들여 죄를 묻고 있어. **이들이 죄가 있는지 없는지 V표 하고 어떻게 처벌할지 써 봐!**

네 죄를
네가 알렷다!

우리가 무슨 죄가 있다고…?

네 죄를 네가 알렷다!
아무리 양반이라고는 하나 무슨 권리가 있다고 사람을 함부로 때리느냐?

김 선달

☐ 유죄 ☐ 무죄

처벌은 곤장 ______ 대!

네 죄를 네가 알렷다!
오줌통 관리로서 이 대감 아들을 막지 못한 걸 책임져라!

관리

☐ 유죄 ☐ 무죄

처벌은 곤장 ______ 대!

네 죄를 네가 알렷다!
상민 주제에 감히 양반을 비웃고 놀리다니 네 이놈!

상민

☐ 유죄 ☐ 무죄

처벌은 곤장 ______ 대!

네 죄를 네가 알렷다!
어찌 양반이 되어서 체통을 지키지 못하고 멋대로 행동하느냐!

이 대감 아들

☐ 유죄 ☐ 무죄

처벌은 곤장 ______ 대!

보고하기 가리사니 생각

김 선달이 이 대감 아들에게 한 행동은 잘한 일일까?
김 선달이 잘했는지 잘못했는지 **타당한 근거를 들어 네 생각을 써 봐.**

문제 상황 →

제가 그 녀석을 혼내 준 것이 잘한 일만은 아니라는 말이 나도는 거예요.
의도는 이해하지만 함부로 사람을 때리면 안 된다면서요.
짐승 같은 녀석을 다스리느라 매를 든 건데 무슨 잘못이라는 것인지….

제목

서론
문제 상황
+
내 주장

본론
근거 1

근거 2

결론
요약
+
강조

어휘다지기 김 선달 뒤풀이

김 선달이 낱말 퀴즈 뒤풀이를 열었어. 낱말 퀴즈를 풀어서 가리사니 힘을 다져 보자고. **요지카를 보면서 문제를 풀어 봐.**

1 다음은 서로 뜻이 비슷하거나 같은 낱말들입니다. 빈칸에 알맞은 자음과 모음을 써서 글자를 완성해 보세요.

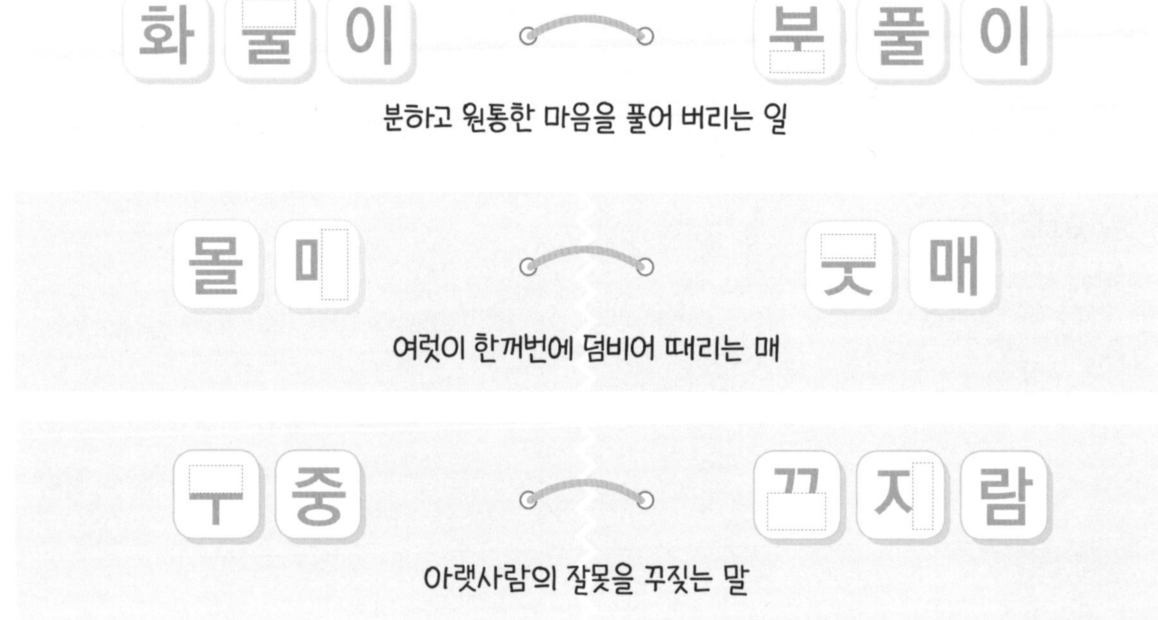

화 굴 이 — 부 풀 이
분하고 원통한 마음을 풀어 버리는 일
몰 매 — 뭇 매
여럿이 한꺼번에 덤비어 때리는 매
구 중 — 꾸 지 람
아랫사람의 잘못을 꾸짖는 말

2 문장에 들어갈 낱말을 보기에서 찾아 쓰고, 낱말의 기본형을 써 보세요. 기본형은 낱말의 기본이 되는 형태를 말해요.

보기 상스럽게 상스러운 상스러워 **기본형**

⇨ 저잣거리에서 대낮에 오줌을 누는 것은 ☐☐☐☐ 짓이다.

⇨ 손으로 음식을 집어 먹으면 ☐☐☐☐!

⇨ ☐☐☐☐ 욕하지 마세요.

3 이 대감 아들의 이야기를 듣고 밑줄 친 부분을 하나의 낱말로 바꿔 쓰려고 해요. 알맞은 낱말을 요지카에서 찾아 써 보세요.

오줌통은 조용하고 구석지고
좀 으스스한 곳에 있어요.
이런 것을 뭐라고 할까요?
으스스하다
+
조용하다
+
구석지다

오줌통에 오줌을 싸는 저를
지켜보는 아버지의 슬픔이
매우 심하게 대단했겠죠.
심하다
+
대단하다
+
매우

4 마을 담벼락에 낙서가 있는데, 누군가 오줌을 싸는 바람에 글자가 지워졌어요. 지워진 부분에 들어갈 알맞은 글자를 써 보세요.

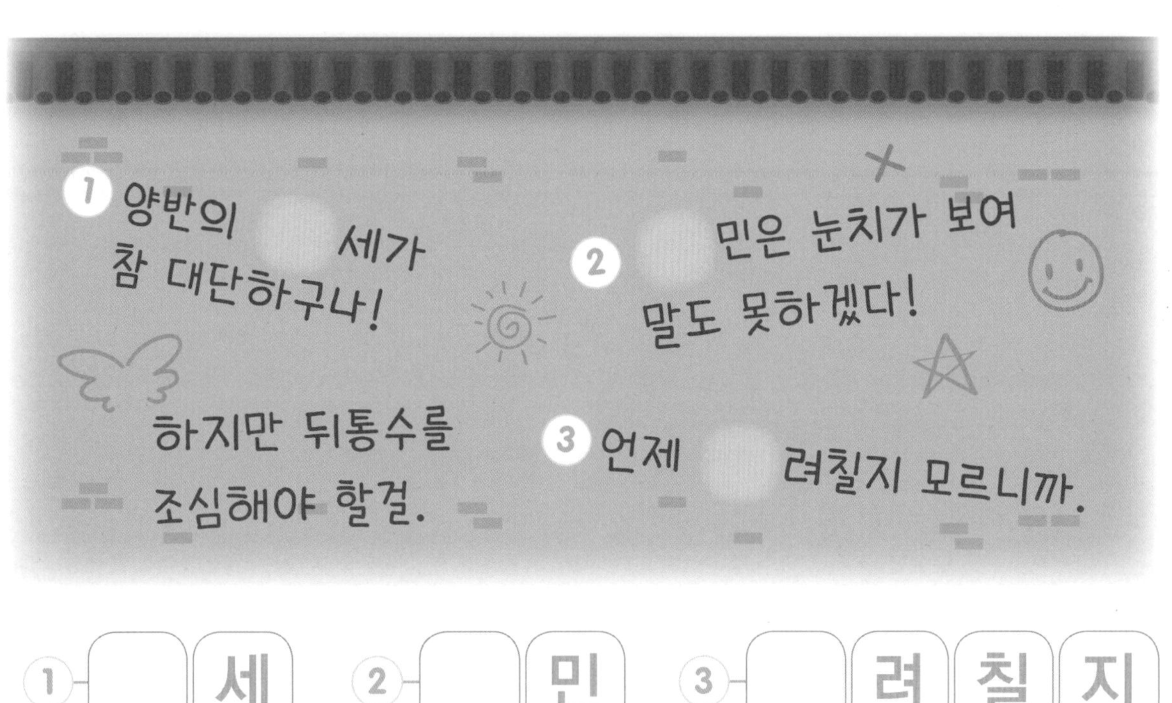

1 양반의 세가
참 대단하구나!
2 민은 눈치가 보여
말도 못하겠다!
하지만 뒤통수를
조심해야 할걸.
3 언제 려칠지 모르니까.

① ☐ 세 ② ☐ 민 ③ ☐ 려 칠 지

3장

재물의 신과 사랑의 신

관련교과

- [국어 4학년 1학기] 내용을 간추려요
- [국어 5학년 1학기] 여러 가지 방법으로 읽어요
- [국어 6학년 2학기] 타당한 근거로 글을 써요

엘렌에게 희한한 일이 있었나 봐. 흐뭇하기도 하고 실망스럽기도 해서 갈팡질팡하고 있어. 엘렌의 이야기를 듣고 어떻게 받아들여야 할지 말해 줘!

준비하기 세 친구

사람이 친구를 대하는 마음을 크게 세 가지로 나누어 보았어. 다음 이야기에 등장하는 세 친구는 어떤 마음이었을까? **사다리를 타고 내려가서 확인해 봐.**

어떤 사람이 왕의 노여움을 사서 불려 가게 되었어. 이 사람은 혼자 가는 게 두려워 세 친구에게 같이 가 달라고 부탁했지. 세 친구의 대답을 듣고 진정한 친구는 누구인지 생각해 봐.

안 돼, 이제 너랑은 절교야.

음, 궁전 문 앞까지만 함께 갈게!

걱정 마, 내가 함께 가서 왕에게 잘 말씀드릴게!

자신만 생각하는 마음	자신의 이익을 따지는 마음	진심으로 친구를 아끼는 마음

훑어보기 세 번째 요지경

가라사대왕이 이야기나라의 보물, 요지경을 선물로 주었어.
요지경을 보면서 무슨 일이 벌어졌는지 짐작해 보자.

먼저, 전개도를 이용해서 요지경을 직접 만들어 보자. 활동지 9~12쪽

요지경에 있는 그림을 요리조리 살펴보자.

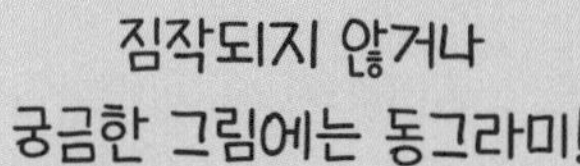

들어보기 이야기를 읽으면서 중요한 낱말은 요지카로 익혀 보자.

초성으로 제시된 낱말을 찾아 색칠해 봐. 활동지 21쪽

엘렌 이야기

휴, 마음이 갈팡질팡해서 밤새 잠을 못 이루고 뒤척였어요. 조카 리처드에게 일어난 일 때문이랍니다. 사랑에 대한 믿음이 단단해지는 것도 같고, 돈의 힘에 그 믿음이 와르르 무너진 것도 같았거든요.

저는 리처드의 고모, 엘렌이에요. 리처드의 아빠이자 제 오빠인 로크웰은 비누 회사 사장이랍니다. 비누를 팔아 엄청난 부자가 되었지요. 리처드와 로크웰은 아버지와 아들 사이지만 참 딴판이에요. 로크웰은 돈이면 이룰 수 없는 일이 없다고 믿는 사람이에요. 하지만 리처드는 공부도 많이 한 데다가 신사다워서 돈으로 이룰 수 없는 일도 많다고 생각해요, 저처럼요.

물론 오빠는 그런 리처드를 철없고 세상 물정을 모른다고 딱하게 여겼어요. 그래서 늘 리처드의 생각이 틀렸다는 걸 깨우쳐 주고 싶어 했어요. 어쨌든 사랑하는 아들이니까요.

그래서 리처드가 랜트리에게 고백할 기회조차 잡지 못하고 마음만 졸이는 걸 무척 답답하게 여기고 있었죠. 랜트리는 리처드가 오랫동안 마음에 둔 여자였어요. 리처드는 신사답게 근사하고 예절 바르게 고백하고 싶었는데 좀처럼 그런 기회를 잡지 못해서 끙끙대고 있었지요. 건강이 나빠질 정도로요.

- ㄱㅍㅈㅍ : 어떻게 할 줄을 몰라 이리저리 헤매는 모양.
- ㄸㅍ : 전혀 다른 모습이나 형편.
- ㅁㅈ : 세상의 이러저러한 형편이나 사정.
- ㅈㅊㄹ : 아무리 해도, 도무지.

로크웰은 리처드가 랜트리에게 고백하는 것도 도와주고 싶어 했어요. 그래서 순진한 신사인 리처드가 숙녀에게 지켜야 할 도리와 예절이 어쩌고저쩌고하면서 고백하지도 못하고 그럴 기회조차 마련하지 못하고 있는 게 못마땅했죠. 로크웰은 돈이 신사를 만든다고 믿었어요. 리처드에게 돈은 얼마가 들든 마음대로 써서 해결해 보라고 했어요. 또 한번쯤 재물의 신에게 빌어도 보라고 했지요.

하지만 리처드는 돈으로 이룰 수 없는 것도 많다면서 단호하게 거절했어요. 사람은 돈으로 단 일 분의 시간도 사지 못한다고 했지요. 만일 그렇다면 부자들은 모두 오래 살 거라고 로크웰에게 따지고 들었어요.

그러던 어젯밤, 리처드가 기쁜 소식을 전했어요. 드디어 랜트리와 약혼하게 되었다고요. 내가 건네준 반지 덕분이라고 하면서 무척 고맙다고 하더군요. 이게 어떻게 된 일인지 이야기를 들어 보세요.

● ㄷㅎㅎㄷ(ㄷㅎㅎㄱ) : 결심이나 태도가 흔들리지 않고 분명하다.

사실 랜트리는 오늘 열두 시에 배를 타고 유럽으로 떠날 참이었어요. 어제저녁 떠나기 전 어머니와 함께 연극을 보기로 했는데 리처드가 랜트리를 마차에 태워 극장까지 데려다주기로 했대요. 그러니까 마차를 타고 극장까지 가는 칠팔 분 동안이 리처드가 랜트리와 함께 할 마지막 기회였던 거죠.

리처드는 포기하는 듯한 눈치더라고요. 마차를 타고 가는 십 분도 안 되는 시간 동안 뭘 할 수 있을지 모르겠나 봐요. 그래서 어제 저녁 리처드가 랜트리를 데려다주러 가기 전에 리처드에게 반지를 건네주었답니다. 이 반지는 리처드의 어머니가 내게 맡긴 것인데요, 리처드가 사랑하는 아가씨를 만나게 되면 그때 주라고 한 것이에요. 사랑의 신이 사랑의 행운을 가져다주는 반지라고 하더군요.

리처드는 공손히 반지를 받아 새끼손가락에 끼어 보더군요. 두 번째 마디까지 들어가고 더 이상 들어가지 않자 조끼 주머니에 집어넣더니 마차를 타러 나갔어요. 풀이 죽은 모습으로.

● ㅍㅇ ㅈㄷ(ㅍㅇ ㅈㅇ) : 세찬 기세나 활발한 기운이 꺾이다.

따져보기1

이야기를 따져 보면서 물음에 답을 찾아봐.

사실 **1 이야기를 들려주는 엘렌에 대한 설명으로 틀린 것을 찾아 번호를 쓰고, 틀린 부분을 고쳐 문장으로 다시 써 보세요.**

1. 엘렌은 리처드의 아버지인 로크웰의 여동생이다.
2. 엘렌은 조카 리처드에게 일어난 일 때문에 고민하고 있다.
3. 엘렌은 돈이면 이룰 수 없는 일이 없다고 생각한다.

( )

추론 **2 다음 돈에 대한 표현과 어울리는 인물을 선으로 연결해 보세요.**

- 돈이 장사라.
- 돈으로 비단은 살 수 있어도 사랑은 살 수 없다.
- 염라대왕도 돈 앞에는 한쪽 눈을 감는다.
- 사람 나고 돈 났지 돈 나고 사람 났나.

리처드

로크웰

비판 **3 돈에 대한 인물들의 생각에 동의하는 만큼 점수를 매겨 보세요.(점수는 0~10점까지 줄 수 있어요.)**

"돈이 신사를 만든다." 점

"돈으로 일 분의 시간도 살 수 없다." 점

"돈이면 이룰 수 없는 일이 없다." 점

추론 **4 엘렌은 왜 리처드에게 리처드의 어머니가 물려준 반지를 주었을까요? 엘렌의 생각을 짐작해서 써 보세요.**

네, 그런데 정말 그 반지가 리처드에게 사랑의 행운을 가져다준 거예요. 리처드는 기뻐서 마치 어린아이처럼 사랑의 행운이 어떻게 자신에게 다가왔는지 떠들어 대더라고요.

리처드는 역에서 랜트리를 태워 월랙 극장으로 달려갔대요. 랜트리가 어머니를 기다리게 해서는 안 된다고 재촉했다나요. 그런데 월랙 극장을 앞둔 34번 도로 광장에 다다랐을 때 리처드는 반지를 떨어뜨린 사실을 깨달았대요. 리처드는 랜트리에게 양해를 구하고 마부에게 마차를 멈추라고 했대요. 어머니가 물려준 반지여서 소중할 뿐만 아니라, 어디쯤 떨어뜨렸는지 짐작하니 시간이 오래 걸리지는 않을 거라고 설명하면서요.

그러고는 정말 일 분도 채 안 되어 반지를 찾아서 마차 안으로 돌아왔대요. 그런데요, 다시 출발하려던 바로 그때부터 사랑의 신의 마법이 시작된 거예요.

● ㅈㅊㅎㄷ(ㅈㅊㅎㄷㄴㅇ) : 어떤 일을 빨리 하도록 요구하다.

전차 한 대가 지나가다가 마차 바로 앞에 멈춰 서더랍니다. 마차를 왼쪽으로 돌리니까 이번에는 큰 화물차가 가로막았고요. 오른쪽으로 돌아서니까 짐마차가 버티고 있었답니다. 마부는 하는 수 없이 뒤로 물러서려다가 그만 말고삐를 떨어뜨리고는 버럭버럭 화만 내었다나요.

34번 광장은 순식간에 수많은 승용차와 마차로 뒤죽박죽 막혀 버렸대요. 큰 도시에서 종종 갑자기 길이 막히는 경우가 있기는 하지만 이렇게 꼼짝도 못하게 되는 경우는 처음인 듯했대요. 리처드가 마차에서 일어나 둘러보니까 광장에는 트럭이며 전차, 온갖 크고 작은 마차들이 마구 밀어닥친 상황이었고 마차들은 서로 얽히고 마부들이 욕하는 소리는 점점 커지기만 했대요. 경찰도 여럿 나서서 교통정리를 했지만 감당할 수가 없었대요. 무슨 일인가 구경하던 구경꾼들도 이렇게 심하게 길이 막힌 적은 한번도 본 적이 없었다고 했다나요?

● ㄱㄷㅎㄷ(ㄱㄷㅎ) : 일을 맡아 자기 능력으로 해내다.

리처드는 다시 자리에 앉으며 랜트리에게 사과할 수밖에 없었대요. 도저히 제 시간 안에 극장까지 갈 수 없었으니까요. 리처드는 반지를 떨어뜨린 자신을 탓했어요. 그런데 랜트리가 흥미로운 표정으로 리처드를 바라보면서 말했대요.

"길이 막히니 어쩔 수 없지요. 사실 연극 구경이 따분해서 다른 재미있는 일이 생기면 좋겠다고 생각하고 있었어요. 그나저나 리처드, 그 반지 좀 보여 줘요. 어떤 반지인지 궁금해요."

그렇게 해서 리처드는 랜트리에게 반지를 보여 주었고 자연스럽게 어머니 이야기를 꺼냈고 대화를 이어 갔어요. 길이 풀리기를 기다리면서 마차에서 두 시간을 보낸 거예요. 그러는 동안 랜트리는 리처드가 무척 매력적인 사람인 것을 알게 되었어요. 맞아요! 둘은 사랑에 빠졌어요. 정말 근사하지 않아요? 진짜 사랑의 신이 마법을 부린 것 같잖아요.

• ㄸㅂㅎㄷ(ㄸㅂㅎㅅ) : 재미가 없어 지루하고 답답하다.

따져보기2

이야기를 따져 보면서 물음에 답을 찾아봐.

1 길이 막혀서 꼼짝 못 하게 되었을 때 리처드의 마음은 어땠을까요? 다음에서 골라 동그라미 치고, 그렇게 생각한 이유를 말해 보세요.

옳다구나 했다.	미안하고 두려웠다.	화나고 불안했다.

2 엘렌은 사랑의 신이 마법을 부린 것 같다고 생각해요. 엘렌이 생각하는 마법은 무엇인지 모두 찾아 동그라미 쳐 보세요.

- 리처드가 반지를 떨어뜨려서 마차를 멈추고 찾으러 간 것. ( )
- 길이 막혀서 두 시간 동안 랜트리와 함께 있게 된 것. ( )
- 랜트리가 반지를 궁금해 했고 리처드의 매력을 알게 된 것. ( )

3 리처드와 랜트리가 사랑에 빠진 게 사랑의 신의 마법 때문이라고 생각하나요? 자신의 생각을 이유와 함께 써 보세요.

4 만약 리처드처럼 십 분도 채 안 되는 시간이 주어진다면 어떻게 고백할 건가요? 랜트리의 마음을 사로잡을 만한 방법을 생각해서 써 보세요.

이 행운 같은 사랑 이야기를 오빠에게도 전해 줘야겠다고 생각했어요. 밤늦은 시간이지만 기쁜 마음으로 로크웰의 서재로 내려갔어요. 그런데요, 로크웰의 서재에서 낯선 남자 목소리가 들리더라고요. 로크웰이 켈리라는 남자와 이야기를 주고받고 있었어요. 엿들으려고 한 건 아니지만, 그만 너무 충격적인 이야기를 듣고 말았어요.

"수고했네, 켈리. 가만있자, 자네에게 오천 달러는 이미 주었지?"

"네, 하지만 예상보다 삼백 달러나 더 들었어요, 사장님! 화물차와 마차, 트럭과 전차 운전사에게는 오 달러에서 십 달러씩 쳐주었는데요. 짐을 실은 마차는 이십 달러를 쥐어 주기도 했어요. 하지만 돈이 가장 많이 든 것은 경찰들입니다. 오십 달러씩 두 사람, 나머지는 각각 이십 달러와 이십오 달러를 주었으니까요. 그래도 일은 정말 멋들어지게 되지 않았습니까?"

이게 다 무슨 소리인지 믿을 수가 없어서 제 귀를 의심했어요.

따져보기3

이야기를 따져 보면서 물음에 답을 찾아봐.

1 엘렌은 리처드에게 일어난 일이 행운 같다고 해요. 자신이 경험했던 행운 같은 일은 무엇이 있는지 쓰고 이야기해 보세요.

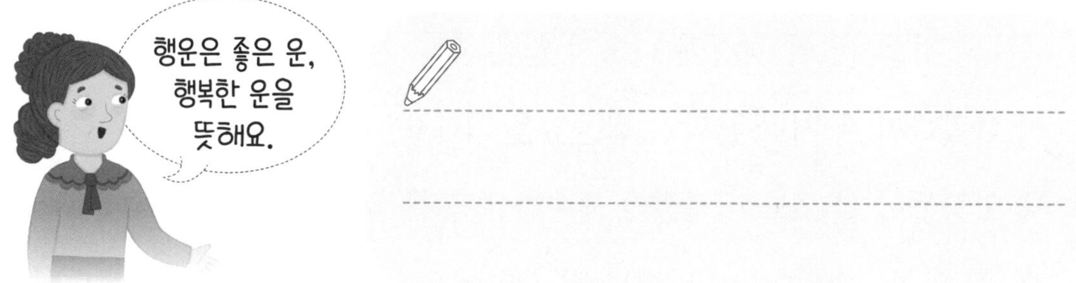

2 켈리가 돈을 준 사람들은 누구일까요? 알맞은 답을 찾아 동그라미 쳐 보세요.

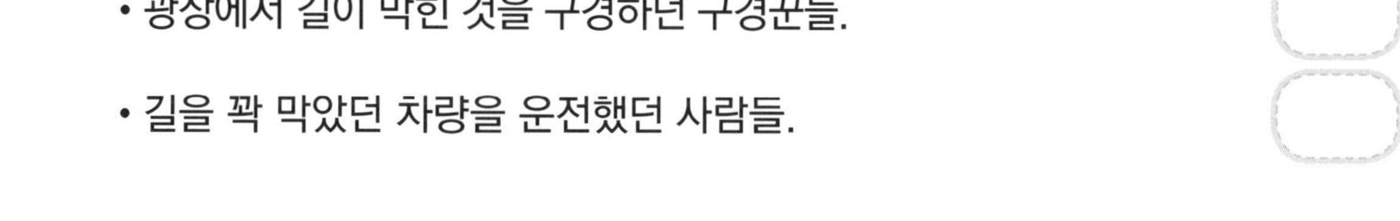

- 로크웰 비누 회사 배달 차량을 모는 직원들.
- 광장에서 길이 막힌 것을 구경하던 구경꾼들.
- 길을 꽉 막았던 차량을 운전했던 사람들.

3 켈리는 로크웰에게 돈을 받고 무슨 일을 한 걸까요? 짐작해서 써 보세요.

4 리처드의 말대로 돈으로 일 분의 시간도 살 수 없다고 생각하나요? 자신의 생각에 동그라미 치고 이유를 써 보세요.

돈으로 시간을 (살 수 있다, 살 수 없다, 모르겠다). 왜냐하면 ______________

“정말 깔끔하게 잘 해냈어! 자네 솜씨는 여전하군. 두 시간이나 길을 막아 놓을 줄은 몰랐네.”

로크웰도 무척이나 흡족한 듯 보였어요.

“사실 경찰서장이 광장에 나오지 않은 것도 천만다행이었어요. 만약 경찰서장이 나왔다면 두 시간을 막긴 힘들었을 거예요. 게다가 한 번도 연습하지 않았는데 일꾼들이 일 초도 어김없이 제시간에 맞춰 움직인 것은 정말 기적이었다니까요. 꼭 마치 어떤 마법이 일어난 것 같았어요.”

“자네가 그런 말을 하다니 어울리지 않는군. 자, 여기 이천 달러. 자네 수고비 천 달러에 천 달러를 더했네. 잘 가게, 켈리.”

어떻게 된 일인지 짐작이 가시죠? 이 모든 게 다 오빠가 꾸민 일이라니…!

사랑의 신이 전해 준 행운 같은 기적이라고 믿었는데. 이게 어떻게 된 노릇인지, 정말 재물의 힘이 해낸 것인지? 도무지 알 수가 없지 뭐예요. 리처드의 약혼은 사랑의 신의 마법이었을까요, 재물의 신의 마법이었을까요?

● ㅊㅁㄷㅎ : 매우 뜻밖에 일이 잘되어 운이 좋다.

따져보기4

이야기를 따져 보면서 물음에 답을 찾아봐.

1 켈리는 왜 길이 막힌 게 어떤 마법이 일어난 것 같다고 생각할까요? 이야기에서 찾아 써 보세요.

2 로크웰은 왜 켈리에게 일을 시킨 걸까요? 자신의 생각에 동그라미 쳐 보세요.

- 철없고 세상 물정 모르는 리처드를 깨우쳐 주고 싶었다. ( )
- 돈을 써서 문제를 해결할 수 있다는 걸 보여 주고 싶었다. ( )
- 리처드가 랜트리에게 고백할 수 있도록 도와주고 싶었다. ( )

3 로크웰이 켈리에게 시킨 일이 옳다고 생각하나요? 자신의 생각에 동그라미 치고 이유를 써 보세요.

로크웰이 켈리를 시켜서 사람들이 길을 막도록 만든 일은 (옳다, 옳지 않다).

왜냐하면 ______________________________

4 다음은 누구의 마법 때문일까요? 자신의 생각에 동그라미 치고 이유를 말해 보세요.

리처드가 반지를 떨어뜨린 일	재물의 신	사랑의 신
길이 두 시간 막힌 일	재물의 신	사랑의 신
경찰서장이 광장에 나오지 않은 일	재물의 신	사랑의 신
일꾼들이 제시간에 맞춰 움직인 일	재물의 신	사랑의 신

간추리기1 리처드 검색어

리처드를 인터넷에서 검색하면 연관 검색어로 뜨는 것들이야.

검색어에 순위를 매겨 보고, 검색어를 설명하는 내용도 써 봐.

리처드

기적 · 신사 · 재물의 신 · 비누 · 반지 · 랜트리 · 사랑의 신 · 켈리 · 34번 도로 · 연극 · 청혼 · 엘렌 · 로크웰 · 행운 · 마차 · 광장 · 1분

1

2

3

4

5

6

7

8

간추리기2 재물의 신 사랑의 신

이야기를 SNS에 올리려고 하는데 사진 설명이 필요해.
해시태그에 들어갈 사진 설명을 써 봐.

❶

#

❷
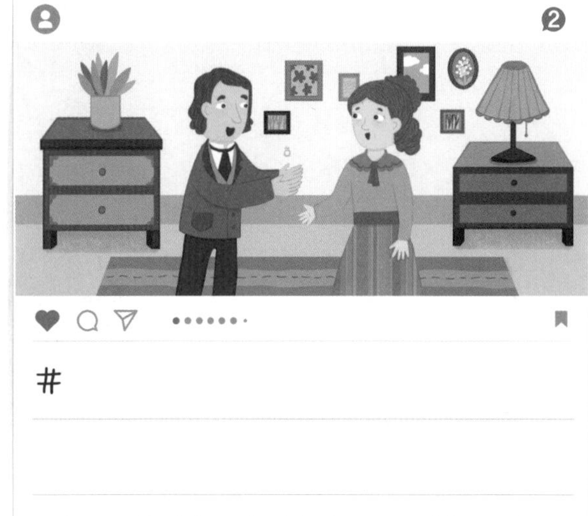

#

❸
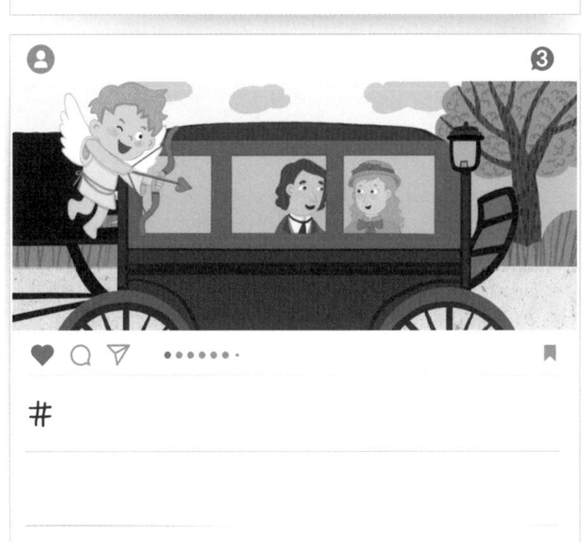

#

❹

#

❺
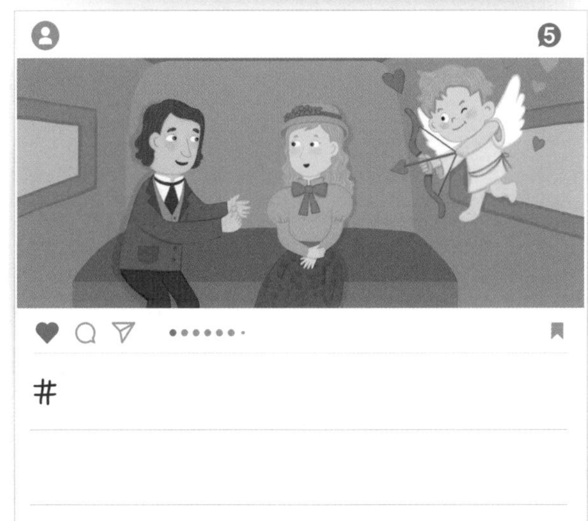

#

❻
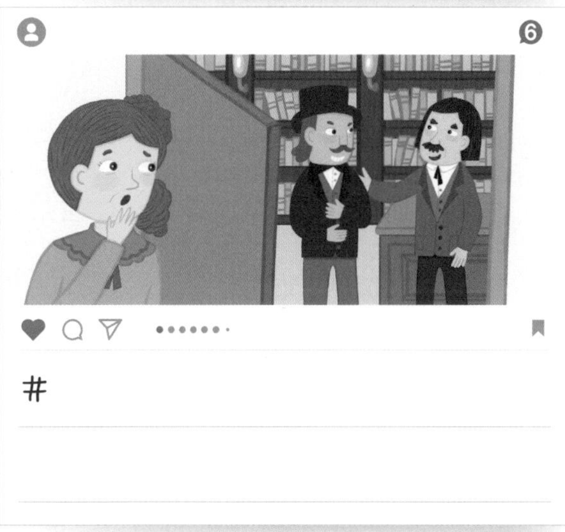

#

짚어보기1 누구와

이야기에 나온 사람들은 사랑의 신과 재물의 신 중에서 누구와 관련이 있을까? **관련이 있는 만큼 스티커를 붙여 봐!**

짚어보기2 약혼은 어떻게

리처드와 로크웰은 약혼하는 데 도움을 준 게 무엇인지 생각해 보았대.
이들은 누가 어떤 도움을 주었다고 생각할까? 빈칸에 써 봐.

	도움을 준 사람	
	도움이 된 물건	
	도움이 된 시간	
	도움이 된 사건	
	도움을 준 신	

짚어보기3 켈리의 계획

리처드가 시간을 벌도록 켈리가 세운 작전이야.
빈 곳에 들어갈 내용을 써서 완성해 봐.

켈리, 리처드에게 시간을 벌어 줄 수 있겠나? 돈은 얼마든지 들어도 좋아!

극장으로 가는 길을 꽉 막으면 되지요! 계획은 다음과 같습니다.

돈파서블 작전 계획

리처드가 탄 마차가 지나갈 34번 도로 광장을 ____________________

____

방법과 수단

① ____________________

____

② ____________________

____

작전에 드는 비용 : (   )달러

주의 사항

① ____________________

____

② ____________________

____

짚어보기4 랜트리의 속마음

리처드에 대한 랜트리의 진짜 속마음은 무엇이었을까?
랜트리의 속마음을 짐작해서 써 봐.

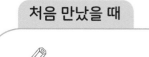

안녕하세요?
반가워요!
저는 리처드예요.

처음 만났을 때

저런, 많이
아쉽네요. 친해지고
싶었는데….

유럽으로 떠난다고 했을 때

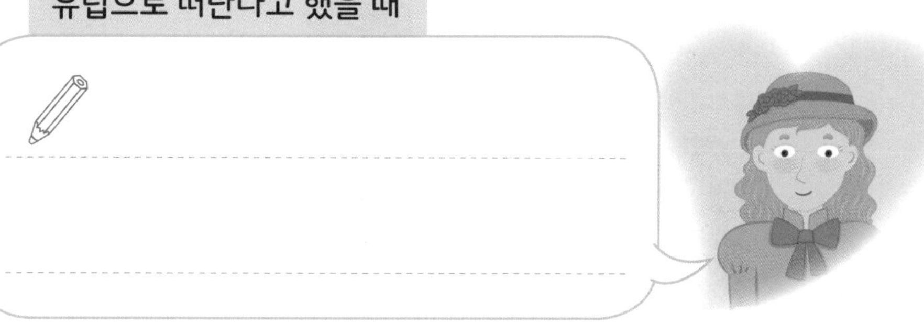

앗, 이런! 반지를
떨어뜨렸어요. 잠시만
멈춰 주세요.

마차에서 반지를 떨어뜨렸다고 했을 때

어머니께서 물려주신
소중한 반지예요.

어머니의 반지를 좀 보여 달라고 했을 때

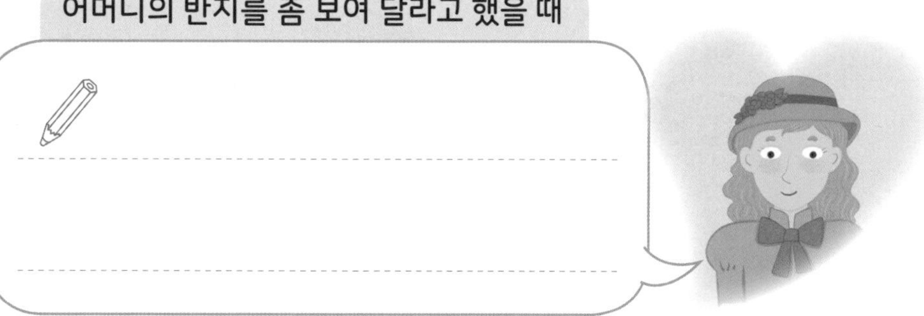

짚어보기5 사랑과 재물

사랑의 신과 재물의 신이 리처드의 약혼이 자기 덕분이라고 다투다가 투표로 가리기로 했어. **사람마다 무엇을 선택할지 스티커를 붙이고 그 까닭을 말해 봐.**

우리끼리 따져 봐야 소용없으니까,
사람들에게 물어보자고.
혹시 표가 절반씩 나올지도 모르니까
가리사니 님도 투표하세요.

리처드 스티커

켈리 스티커

로크웰 스티커

랜트리 스티커

리처드 어머니 스티커

엘렌 스티커

________ 가리사니 스티커

보고하기 가리사니 생각

리처드에게 일어난 일을 어떻게 받아들여야 할까? 이 상황을 어떻게 받아들여야 할지 **타당한 근거를 들어 네 생각을 써 봐.**

사랑의 신이 전해 준 행운 같은 기적이라고 믿었는데.
이게 어떻게 된 노릇인지, 정말 재물의 힘이 해낸 것인지?
도무지 알 수가 없지 뭐예요.

문제 상황 → **리처드의 약혼은 사랑의 신의 마법이었을까요, 재물의 신의 마법이었을까요?**

제목

서론

문제 상황
+
내 주장

본론

근거 1

근거 2

결론

요약
+
강조

어휘다지기 엘렌 뒤풀이

엘렌이 낱말 퀴즈 뒤풀이를 열었어. 낱말 퀴즈를 풀어서 가리사니 힘을 다져 보자고. **요지카를 보면서 문제를 풀어 봐.**

1 사랑의 행운 반지에 걸린 주문인데, 틀린 글자 하나를 찾아서 바르게 고쳐야 주문이 효력을 발휘한대요. 틀린 글자에 X표 하고 낱말을 바르게 고쳐 써 보세요.

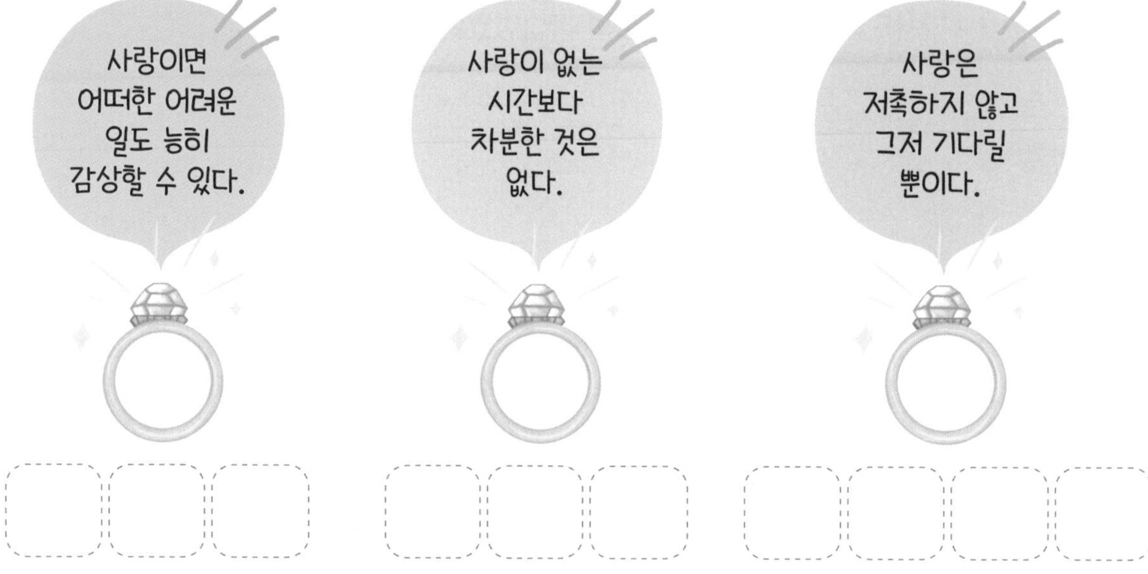

사랑이면
어떠한 어려운
일도 능히
감상할 수 있다.
사랑이 없는
시간보다
차분한 것은
없다.
사랑은
저축하지 않고
그저 기다릴
뿐이다.

2 리처드가 짧게 쓴 말을 로크웰이 길게 바꾸어 썼어요. 뜻은 같지만 길이가 다른 낱말을 빈칸에 써 보세요.

좀체
기왕이면 글자도
많은 게 좋으니까.

3 다음은 로크웰이 아들 리처드를 두고 한 말이에요. 빈칸에 들어갈 두 글자를 힌트를 보고 알아맞혀 보세요. 힌트의 빈칸에 모두 들어가는 한 글자예요.

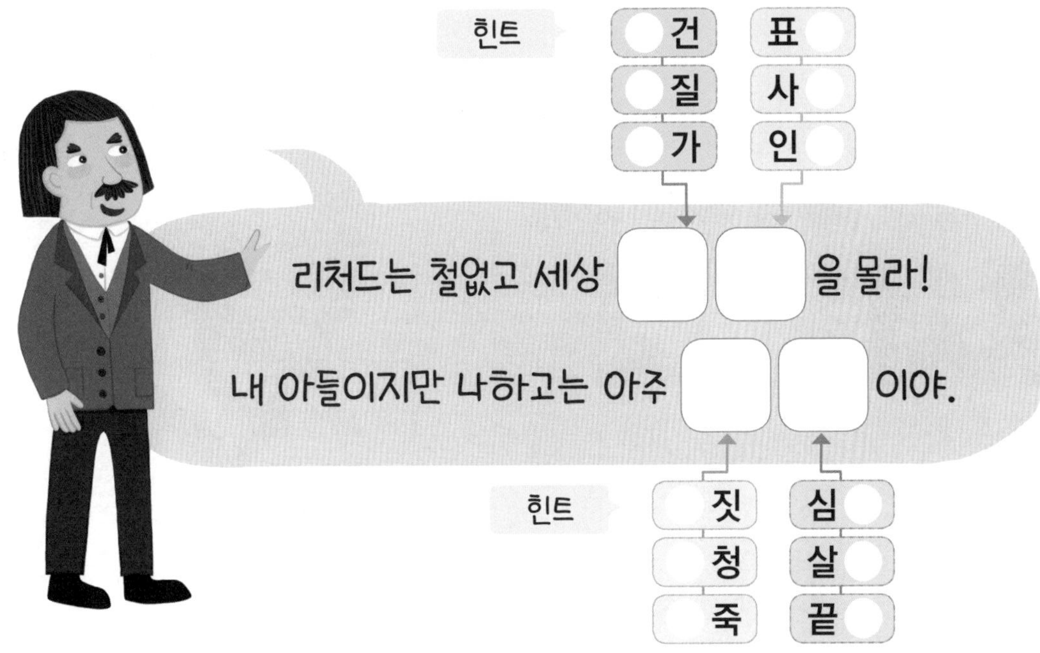

리처드는 철없고 세상 을 몰라!
내 아들이지만 나하고는 아주 이야.

4 다음은 마차에서 랜트리와 두 시간 동안 갇혀 있을 때, 리처드가 냈던 수수께끼예요. 수수께끼의 답을 빈칸에 써 보세요.

돈을 아주 헤프게 마구 쓰면 팡팡, 어찌 쓸 줄 모르고 헤매면?
천 원, 만 원, 오만 원 지폐가 든 지갑을 잃어버렸다가 다시 찾았는데 오만 원짜리는 사라지고 천 원, 만 원 짜리는 그대로 남아 있으면?
다 행

4장

호랑이보다 무서운 것

관련교과

- [국어 5학년 1학기] 발음이 같거나 비슷한 낱말 구별하여 보기
- [국어 6학년 1학기] 다양한 관점
- [사회 6학년 1학기] 우리나라의 정치 발전

공 선생님이 내놓은 문제에 대해 여러 제자들이 이래저래 의견을 말했나 봐. 무슨 문제인지 살펴보고 제자 자로가 궁금해 하는 것을 풀어 봐.

준비하기 이상한 셈

붕어빵 가게에서 붕어빵을 파는데 값이 좀 이상해서 이러쿵저러쿵 말이 많아.
누구의 말이 맞다고 생각하는지 동그라미 치고 그 까닭을 말해 봐!

붕어빵
3개를 사면 1000원,
1개를 사면 300원.
어, 1개를 사면
더 싸네.
3개를 더 싸게
살 수도 있겠네.
1000 원
300 원

3개가 1000원이면 1개는 300원보다 더 비싸게 값을 받아야 해요.

1000원어치씩 사 먹기도 어려워서 1개씩 사 가는 이웃도 있단다. 그래서 1개 값을 더 싸게 한 거야.

음, 1개에 300원씩 세 번 나눠 사야지. 그러면 900원으로 3개를 살 수 있어!

훑어보기 네 번째 요지경

가라사대왕이 이야기나라의 보물, 요지경을 선물로 주었어.
요지경을 보면서 무슨 일이 벌어졌는지 짐작해 봐.

먼저, 전개도를 이용해서 요지경을 직접 만들어 보자. 활동지 13~16쪽

요지경에 있는 그림을 요리조리 살펴보자.

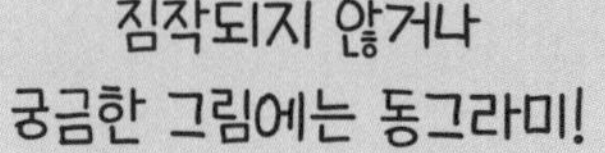

들어보기 이야기를 읽으면서 중요한 낱말은 요지카로 익혀 보자.
초성으로 제시된 낱말을 찾아 색칠해 봐. 활동지 23쪽

자로 이야기

저는 공 선생님의 제자 자로예요. 선생님의 제자 중 나이가 가장 많아요. 공 선생님은 배우려는 제자들이 삼천 명이나 될 정도로 훌륭한 분이세요. 그날도 우리는 선생님과 태산을 오르면서 열심히 배우는 중이었어요. 그런데 똑똑한 자공이 선생님께 질문했어요.

"선생님, 정치란 무엇입니까?"

아마도 자공은 열심히 배워서 나라를 위해 일을 하는 관리가 되고 싶었던 거 같아요. 그러니 정치에 대해 관심이 많았겠지요.

"정치는 식량이 풍부하고, 병사들이 나라를 잘 지키고, 백성들의 신뢰를 받는 것이다."

선생님의 말씀에 자공이 또 물었어요.

"만약 어쩔 수 없이 무언가를 버려야 한다면 무엇을 버려야 하나요?"

저도 궁금해서 선생님이 뭐라고 말씀하시는지 귀를 쫑긋 세웠지요.

그런데 그때 산기슭에서 여인의 울음소리가 막 들리는 거예요. 모두들 무슨 일인가 싶어 어리둥절해서 가까이 다가가 보았어요. 어떤 아주머니가 무덤 앞에서 큰 소리로 울고 있더군요.

"무슨 일이길래 저리도 슬프게 울고 있을까. 자로야, 네가 가서 물어보아라."

선생님이 제자들 가운데 제일 나이 많은 저를 시켜 까닭을 알아보라고 하셨어요. 저는 조심스럽게 다가가서 왜 이리 슬프게 우는지 사연을 물어봤지요.

"저는 이 산기슭에서 밭을 일구며 살고 있어요. 그런데 그 무서운 호랑이가 제 시아버지를 물어 죽이고, 이번에는 남편도 호랑이에게 당하고 말았답니다. 하도 서럽고 무서워서 이렇게 울고 있는 것이랍니다, 아이고아이고."

아주머니 사정이 참 딱해 보였어요.

● ㅅㄱㅅ : 산의 비탈이 끝나는 아랫부분.

모두들 안타까운 마음으로 말을 잇지 못하는데 공 선생님이 물었어요.

"그럼 호랑이가 없는 마을로 내려와서 살면 되지 않습니까? 왜 이 위험한 산속에서 계속 살고 계십니까?"

아주머니는 한숨을 길게 내쉬고는 뜻밖의 대답을 했어요.

"그래도 마을에서 사는 것보다 산에서 나무 열매와 풀뿌리를 먹고 사는 것이 훨씬 나아요."

우리는 모두 그게 무슨 소리인지 몰라 멀뚱거리며 아주머니를 쳐다봤어요.

"산 아래 마을에는 호랑이보다 더 무서운 게 있거든요."

우리는 과연 호랑이보다 무서운 게 무엇일까 궁금해하며 아주머니 이야기에 빠져들었어요.

● **뜻밖** : 전혀 생각이나 예상을 하지 못함.

따져보기1

이야기를 따져 보면서 물음에 답을 찾아봐.

1 이야기를 전하는 자로에 대한 설명으로 틀린 것을 찾아 X표 해 보세요.

- 공 선생님의 제자다. ☐
- 열심히 배워서 나라를 위해 일하는 관리가 되고 싶어 한다. ☐
- 제자들 중에서 나이가 제일 많다. ☐

추론 **2** 아주머니는 누구의 무덤 앞에서 울고 있었는지 써 보세요.

3 마을과 산은 살기에 어떤 곳일까요? 마을과 산의 특징을 쓰고 둘을 비교해 서 더 살기 좋은 곳에 >, =, < 표해 보세요.

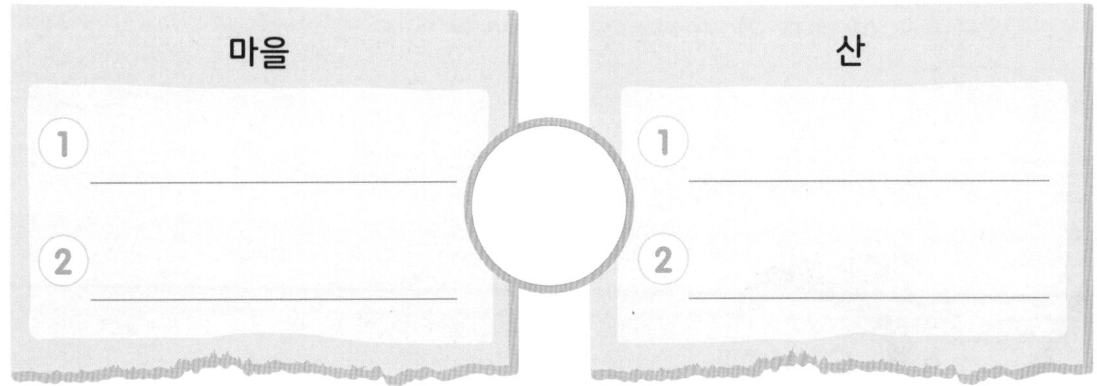

4 호랑이보다 무서운 게 있다면 무엇일까요? 호랑이보다 무섭다고 생각하는 것을 쓰고 이유를 말해 보세요.

"저희 식구들도 본래 마을에서 사람들과 어울려 살았어요. 남의 논을 빌려 농사를 대신 지어 주는 일을 하면서요. 가을이면 일 년 품삯으로 그 논에서 거둔 쌀을 나눠서 받아 먹고 살았지요. 한 해 10섬을 거두는 논인데 논 주인이 반을 가져가고 나머지 반을 저희가 받았어요. 일 년 동안 먹고살기에는 좀 모자랐지만 그럭저럭 견딜 수 있었어요. 모자란 식량은 산에서 열매나 풀뿌리로 대신하면 되었으니까요."

"음, 그런데 무슨 일이 있었나요?"

성질 급한 제가 선생님보다 앞서 물었어요.

"마을에 새로 온 관리가 문제였어요. 관리가 새로 온 후로 논 주인이 쌀을 나누는 규칙을 바꿔 버렸거든요. 10섬에 5섬 가져가던 것을 갑자기 6섬을 가져가는 규칙으로 바꾼 거예요. 그게 싫으면 다른 논을 빌리라고 하면서요."

"음, 하지만 다른 논 주인들도 마찬가지였겠죠?"

선생님은 안 봐도 알 것 같다는 표정으로 말씀하셨어요.

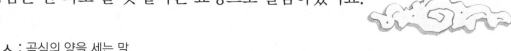

- ㅅ : 곡식의 양을 세는 말.
- ㄱㄹㅈㄹ : 충분하지는 않지만 어느 정도로.

따져보기2

이야기를 따져 보면서 물음에 답을 찾아봐.

1 아주머니가 마을에서 살 때 남의 논을 빌려 농사를 지은 이유는 무엇일까요? 짐작해서 써 보세요.

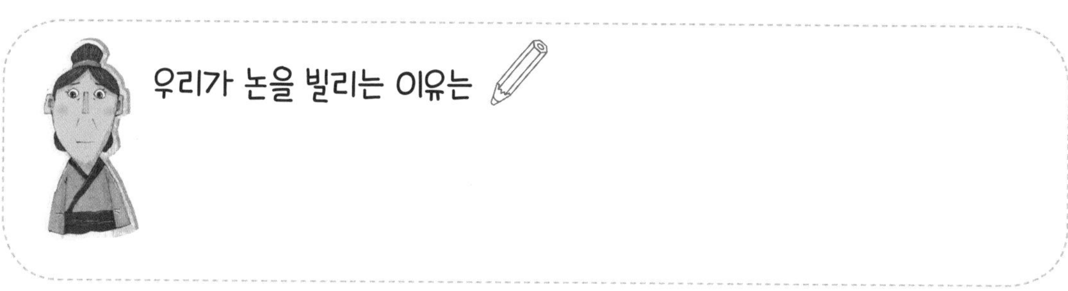

2 관리가 새로 오자 아주머니네가 논 주인에게 주는 쌀이 몇 섬으로 바뀌었나요? 답을 써 보세요.

3 한 해 10섬을 거두는 논을 빌린 대가로 논 주인에게 얼마를 주어야 적당할까요? 자신의 생각을 써 보세요.

나는 논 주인에게 (   )섬을 주는 게 적당하다고 생각한다. 왜냐하면

4 논 주인 마음대로 규칙을 바꾸어도 될까요? 자신의 생각을 써 보세요.

"예, 논 주인들이 모두 똑같이 규칙을 바꾸어 버린 거예요. 알고 보니, 관리가 논 주인들에게 세금으로 10섬을 거두는 논마다 1섬씩 더 내놓으라고 했다나 봐요. 논 주인들이 제 것은 내놓기 싫으니까 우리 걸 뺏기로 서로 짬짜미를 한 것 같았어요."

저는 화가 나서 나라에서 정한 법이 있을 텐데 어떻게 마음대로 바꿀 수 있는지 물었지요.

"몰라요, 하지만 관리는 논 주인 편을 들며 논 주인이 정하면 그게 규칙이라고 그대로 하는 게 법이라고 했어요."

아주머니는 울먹이며 말했어요.

"그래서 일 년 동안 쌀 4섬으로 온 식구가 먹고살아야 했군요?"

공 선생님은 안타까워하며 물었어요.

● **ㅉㅉㅁ** : 남모르게 자기들끼리만 짜고 하는 약속이나 수작.

"너무너무 힘들었어요. 농사는 농사대로 짓고, 모자란 먹거리를 구하러 온 식구가 뛰어다녔지만 배고파 죽을 지경이었어요. 그런데요, 하필 그 이듬해 흉년이 들지 뭐예요. 가을에 논에서 거둔 쌀이 겨우 지난해 절반밖에 되지 않았어요. 세금을 내고 나면 우리 식구가 먹을 양식은 2섬밖에 되지 않았지요. 더 버틸 수가 없더라고요. 그래서 마을을 떠나 산으로 오게 된 거예요. 산에서 열매도 따 먹고 풀뿌리도 캐 먹고 가끔 작은 짐승들을 사냥하면서 사는 편이 훨씬 나아요. 호랑이는 무섭지요. 하지만 호랑이에게 물려 간다 해도 마을에서 더는 살 수 없었어요."

저는 답답했지만 그냥 아주머니를 위로해 주는 것 말고는 딱히 방법이 없었어요. 다시 길을 걸으며 선생님은 말씀하셨어요.

"앞으로 나라를 다스릴 너희들은 잘 기억해 두어라. 백성을 다스리는 것이 모질고 사나우면 호랑이보다 무섭기 마련이다."

- ㅎㅍ : 다르게 되지 않고 어찌 그렇게 꼭.
- ㅈㅂ : 전체의 반.
- ㅁㅈㄷ(ㅁㅈㄱ) : 괴로움이나 아픔이 지나치게 심하다.

그러고는 선생님은 진지하게 물으셨어요.

"너희들이 논 주인이라면 어떻게 할지 말해 보아라. 흉년이 들어 거둔 쌀이 지난해 절반인 겨우 5섬밖에 되지 않으면 몇 섬을 가져가야 할까?"

셈을 잘하는 제자 산학이가 먼저 말했어요.

"10섬에 6섬씩 가져가기로 했으니까 수확한 것이 5섬이면 3섬을 가져가야 합니다. 아주머니네 사정이 딱하기는 하지만, 어쨌든 약속은 약속이고 법은 법이니까요."

그러자 제일 어린 자인이가 나섰어요.

"아니지요, 5섬에 3섬을 가져간다면 셈은 맞지만 흉년이라서 아주머니네 살림이 더 어렵다는 것은 헤아리지 못했어요. 그래서 예전처럼 아주머니네는 4섬을 주고 1섬만 가져가야 해요. 흉년이라서 예전처럼 모자란 식량을 채우기도 힘든데 그나마 4섬은 있어야 아주머니네가 버틸 수 있을 거예요. 흉년이라는 것도 가늠해야 맞는 셈이지요."

저도 가만있을 수 없어서 한마디했어요.

"다 틀렸어요! 논 주인이 1섬도 가져가면 안 돼요! 손해를 보더라도 먼저 아주머니네를 돌보아야 해요. 아주머니네가 없다면 누가 농사일을 맡겠어요? 게다가 논 주인은 부자라서 한 해는 쌀을 받지 않아도 견딜 수 있을 거예요."

- ㅅㅎㅎㄷ(ㅅㅎㅎ) : 익거나 다 자란 농수산물을 거두어들이다.
- ㄱㄴㅎㄷ(ㄱㄴㅎㅇ) : 목표나 기준에 맞고 안 맞음을 헤아려 보다.

따져보기3

이야기를 따져 보면서 물음에 답을 찾아봐.

1 이듬해 흉년이 들어 아주머니네가 거두어들인 쌀이 절반밖에 되지 않았다고 해요. 흉년은 무엇을 뜻하는지 짐작해서 써 보세요.

2 다음은 '짬짜미'로 검색했을 때 인터넷에 올라온 기사 제목들입니다. 짬짜미로 검색해서 기사를 몇 개 읽어 본 후, 짬짜미가 사회에 문제가 되는 이유를 말해 보세요.

시소신문 20△△. △△. △△ 진짜진짜 뉴스

○○대학, 짬짜미 부당 채용, 연구비 제멋대로 사용

○○제철 · ○○제강 · ○○스틸 등 고철값 무더기 짬짜미 … 과징금 3000억 부과

○글, 한국의 통신 · 제조사와도 짬짜미 수익 공유

국가 백신 사업 입찰서 짬짜미… 도매상 징역형 집행 유예

청와대 "부동산 가격 왜곡 · 짬짜미 철저히 조사"

3 아주머니 이야기를 고사성어로 나타냈는데 '가정맹어호'라고 해요. 한자를 따라 쓴 다음, 가혹한 정치는 어떤 것인지 이야기해 보세요.

가정맹어호 : 가혹한 정치는 호랑이보다 무섭다.

苛	政	猛	於	虎
가혹할 가	정사 정	사나울 맹	어조사 어	호랑이 호

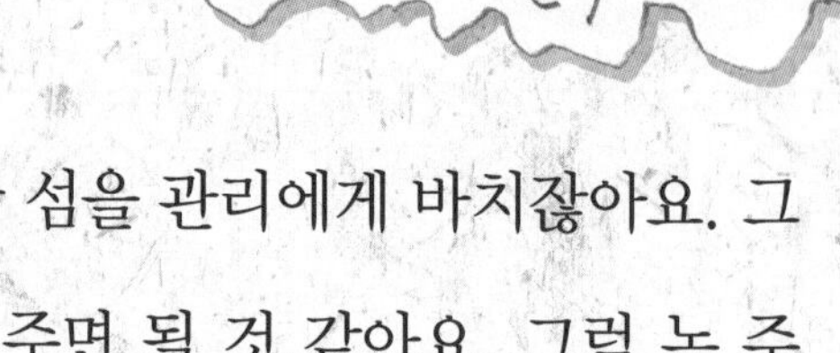

그러자 혜지가 말했어요.

"논 주인이 3섬을 가져가고 그중에 반 섬을 관리에게 바치잖아요. 그 반 섬을 관리가 아니라 아주머니에게 주면 될 것 같아요. 그럼 논 주인도 2섬 반, 아주머니네도 2섬 반이 되니 공평해요.

우리 제자들은 저마다 그럴듯한 생각들을 내놓고는 서로 옳거니 맞거니 했답니다. 선생님은 가만히 듣고만 계시다가 갑자기 처음에 자공이 했던 질문에 답을 하셨어요.

"정치는 식량이 풍부하고, 병사들이 나라를 잘 지키고, 백성들의 신뢰를 받는 것이다. 만약 식량과 병사, 백성의 신뢰 중에서 무엇인가를 버려야 한다면 병사를 버리거라. 그다음으로는 식량을 버리거라. 사람은 죽기 마련이지만 백성들의 신뢰가 없으면 나라가 설 수 없다."

선생님은 왜 갑자기 정치에 대해 말씀하시는 걸까요? 정치와 논 주인에게 주는 쌀이 무슨 관련이 있을까요? 아주머니는 논 주인에게 얼마를 주는 게 맞을까요? 저는 잘 모르겠어요.

따져보기4

이야기를 따져 보면서 물음에 답을 찾아봐.

추론

1 공 선생님의 질문에 대한 답이 제자들마다 달랐어요. 이렇게 저마다 생각이 다른 이유는 무엇인지 써 보세요.

논리

2 제자들 중에서 누구의 생각이 맞는 것 같나요? 동그라미 치고 이유를 써 보세요.

나는 (산학 , 자인 , 자로 , 혜지)(이)가 맞다고 생각한다.

왜냐하면 ______________________________

____

사실

3 공 선생님이 정치를 뭐라고 설명했는지 빈칸에 알맞은 낱말 스티커를 붙이고, 이 중에서 무엇이 가장 중요하다고 생각하는지 말해 보세요.

정치는 [　　　　] 이 풍부하고,

[　　　　] 들이 나라를 잘 지키고,

백성들의 [　　　　] 를 받는 것이다.

이 중에서 가장 중요한 것은

창의

4 공 선생님은 백성들의 신뢰가 없으면 나라가 설 수 없다고 해요. 흉년이 들었을 때, 백성들의 신뢰를 잃지 않으려면 어떻게 해야 할지 좋은 방법을 써 보세요.

간추리기1 자로 가라사대

자로가 이번에 겪은 일을 책으로 남겼는데 오래되어서 그림과 글자가 지워졌어. **자로의 이야기를 생각하면서 빈 곳을 채워 봐.**

자로 가라사대편

● 만난 이 : 무덤가에서 울고 있는 ______

● 만난 곳 : ______ 의 산기슭 무덤가

● 울고 있는 까닭 : ______ 와/과 ______ 이/가 ______ 에게 죽임을 당했다.

● ______ 에서 사는 까닭 : ______ 와/과 논 주인이 모질고 사납게 굴어서 ______ 에서 살 수가 없었다.

● 공 선생님 말씀 : ______ 을/를 다스리는 것이 모질고 사나우면 호랑이보다 무섭다.

간추리기2 문제 풀이

공 선생님이 제자들에게 낸 문제와 제자들의 답을 정리했어. 누가 어떤 답을 내놓았는지 **제자와 어울리는 답을 선으로 이어 봐.**

너희들이 논 주인이라면 어떻게 할지 말해 보아라. 흉년이 들어 거둔 쌀이 5섬밖에 되지 않으면 몇 섬을 가져가야 할까?

자로 산학 혜지 자인

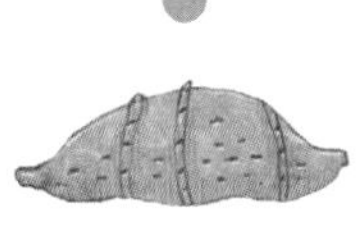

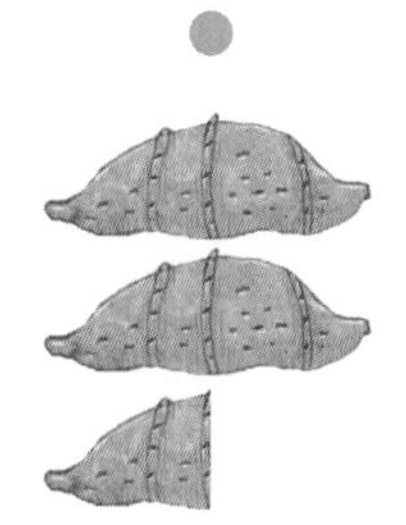

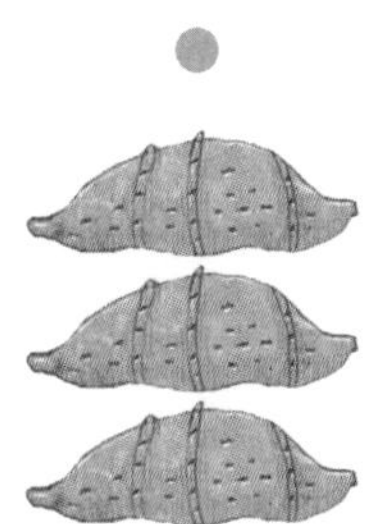

짚어보기1 호랑이보다 무서운

아주머니가 호랑이보다 무서워한 것이 무엇인지 제자들이 이것저것 생각해 보았대. **이 중에서 아주머니가 무서워한 게 무엇인지 짐작해서 동그라미 쳐 봐.**

너무 많은
세금이 무서웠어.

올바르지 못한
정치가 무서웠어.

마음대로 바꾼 잘못된
법이 무서웠어.

먹고살기 어려운
경제가 무서웠어.

경제	정치	세금	법

이것은 국가가 필요한 경비로 사용하기 위하여 국민으로부터 강제로 거두어들이는 돈이야.	이것은 국가의 강제력이 따르는 사회 규범이야.	이것은 나라를 다스리는 일, 권력을 획득하고 유지하며 행사하는 활동이야.	이것은 인간의 생활에 필요한 재화나 용역을 생산·분배·소비하는 모든 활동이야.

어울리는 것끼리 선을 그어 봐.

짚어보기2 아주머니의 요구

아주머니네는 산으로 가기 전에 관리와 논 주인에게 시위했대.
이들이 무엇을 요구하며 목소리를 높였을지 글과 그림으로 표현해 봐.

논 주인이 정하면 그게 규칙

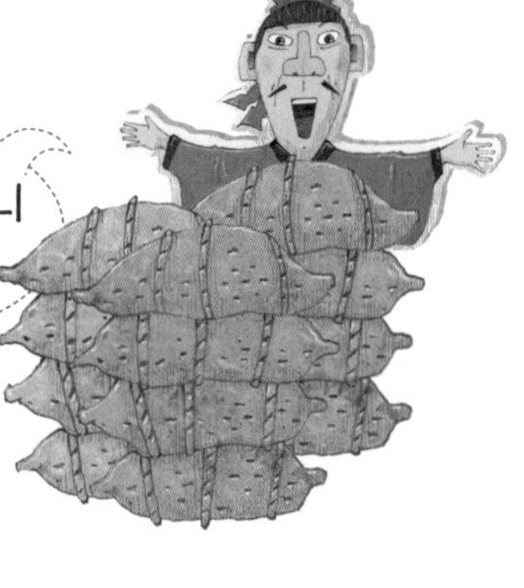
내가 논 주인이니 내 맘대로

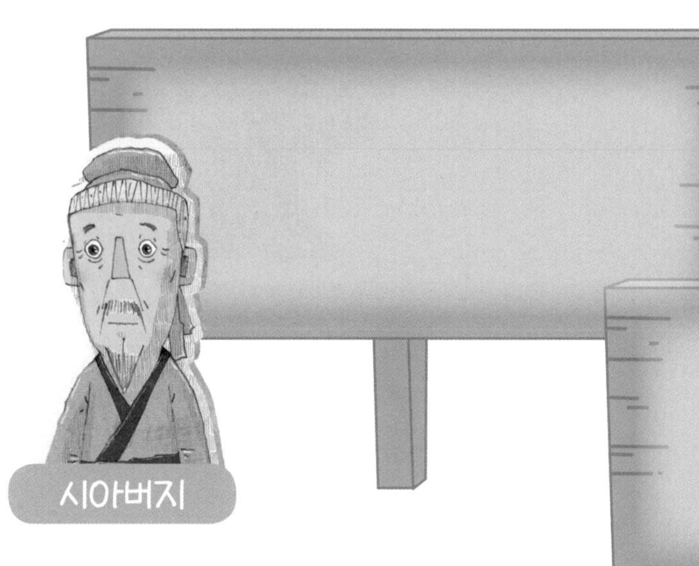
시아버지

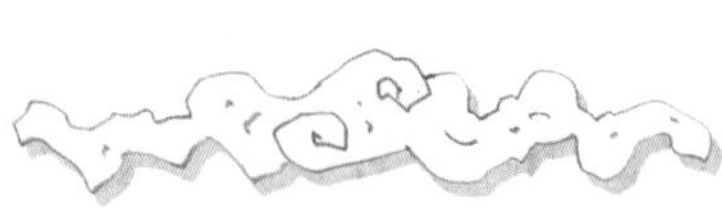

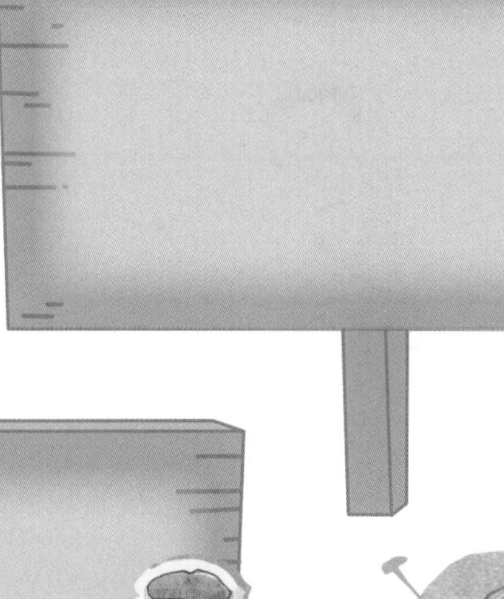
남편

아주머니

짚어보기3 누구 탓

아주머니가 이렇게 된 건 다 누구 때문일까?

누구 탓이라고 생각하는지 동그라미 치고 그 까닭을 써 봐.

짚어보기4 풍년에는 얼마

만약 풍년이 들어 20섬을 거둔다면 쌀을 어떻게 나누어야 할까?
각자의 몫이라고 생각하는 만큼 쌀섬에 동그라미 쳐 봐.

풍년이 들어 쌀 20섬을 거둔다면 세금은…?

풍년이라
20섬!

내가 농사짓지
않았어도…
관리

내가 빌려준
논이니까…
논 주인

내가 농사
지었는데…
아주머니

짚어보기5 같은 생각

등장인물들은 논 주인이 쌀을 얼마나 가져가야 한다고 생각할까? 이들의 생각을 짐작해서 쓰고, **이들과 비슷한 생각을 한 제자가 있다면 선을 그어 봐.**

보고하기 가리사니 생각

자로가 어려워하는 문제에 어떻게 답을 해줘야 할까?
자로의 질문에 **타당한 근거를 들어 네 생각을 써 봐.**

문제 상황 1 → 정치와 논 주인에게 주는 쌀이 무슨 관련이 있을까요?

문제 상황 2 → 아주머니는 논 주인에게 얼마를 주는 게 맞을까요?

제목

서론

문제 상황
+
내 주장

본론

근거 1

근거 2

결론

요약
+
강조

어휘다지기 자로 뒤풀이

자로가 낱말 퀴즈 뒤풀이를 열었어. 낱말 퀴즈를 풀어서 가리사니 힘을 다져 보자고. **요지카를 보면서 문제를 풀어 봐.**

1 아래에 짝 지어진 세 낱말들은 뜻이 같거나 비슷해요. 어떤 낱말일까 짐작해 보고 알맞은 자음을 써 보세요.

뜻
의 외
의
그러고 보니 빠진 자음이
같은 것이네!
전혀 생각하지
못한 것이지.
가 마
가 니
쌀 따위의 곡식을
세는 말이지.

2 '짬짜미'와 소리는 같지만 뜻이 다른 '짬짬이'라는 낱말도 있어요. 다음 문장에 어울리는 낱말에 동그라미 쳐 보세요.

*짬짬이 : 짬이 나는 대로 그때그때.

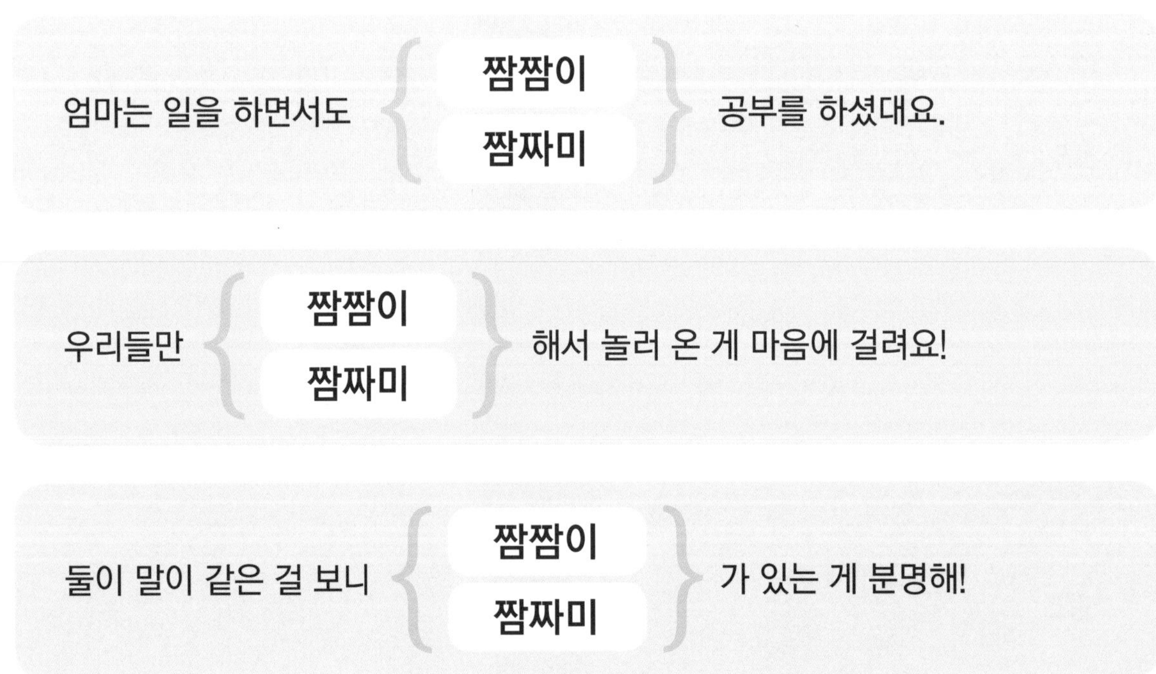

엄마는 일을 하면서도 { **짬짬이** / **짬짜미** } 공부를 하셨대요.

우리들만 { **짬짬이** / **짬짜미** } 해서 놀러 온 게 마음에 걸려요!

둘이 말이 같은 걸 보니 { **짬짬이** / **짬짜미** } 가 있는 게 분명해!

3 다음 문장에서 밑줄 친 부분을 다른 낱말로 바꿔 쓰려고 해요. 문장에서 글자를 찾아 알맞은 답을 써 보세요.

멍멍아, **충분하지는 않지만** 맛있게 먹고 그저 무럭무럭 자라다오.

다르게 되지 않고 어찌 꼭 그렇게 연필이 하나도 없냐?

전체의 반만 먹기야, 더 이상은 절대 안 돼, 반칙이야!

4 자로가 공 선생님을 따라다니면서 기록한 글인데, 틀린 글자가 있어요. 틀린 글자에 X표 하고 바르게 고쳐 써 보세요.

우리 학교도 산기슥에 자리 잡고 있어.

저기 보이는 전봇대의 높이를 가능할 수 있겠니?

누렁아, 너도 참, 도진 주인을 만나 고생이 많구나!

농부들이 벼를 수학하느라 눈코 뜰 새 없이 바쁘다!

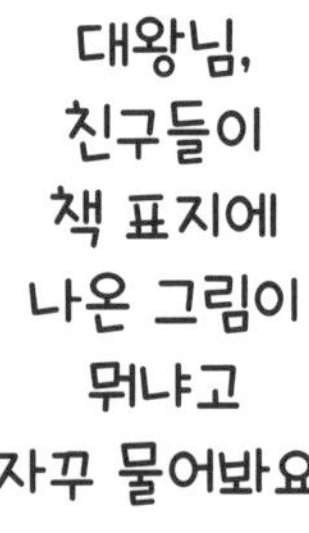
대왕님, 친구들이 책 표지에 나온 그림이 뭐냐고 자꾸 물어봐요.

음, 이쪽에서 젊은 시절 이야기를 해 줘야겠구나.
내가 실은 아테네 학당 출신이걸랑.
아네테 학당이요? 그게 뭔데요?

세상과 진리에 대해 묻고 답하며 공부하는 학교지. 지혜를 얻는 최고의 학교라고 보면 돼.
아테네 학당

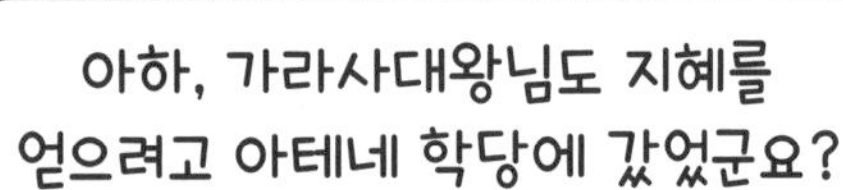

아하, 가라사대왕님도 지혜를 얻으려고 아테네 학당에 갔었군요?

맞아! 책 표지 그림은 바로 그 아테네 학당을 그린 거야.
그럼, 우리가 따라 했던 인물들은 누구예요?

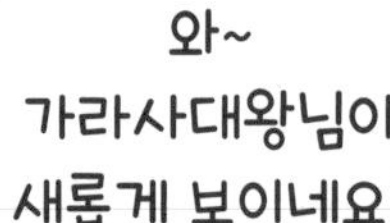

아테네 학당에서 나와 함께 공부했던 친구들과 진리를 탐구했던 학자들이지.
와~ 가라사대왕님이 새롭게 보이네요!

험험, 소크라테스, 플라톤, 아이스토텔레스, 피타고라스, 유클리드…. 이분들 이름을 들어 봤니?

저도 몇몇은 들어본 적이 있어요! 그럼, 혹시 서왕모도 아테네 학당에서 만난 거예요?
그래, 바로 거기서 서왕모를 만나 요지경을 선물로 받은 거야.
귀한 보물을 선물로 주다니, 무척 친했나 봐요. 그렇다면… 혹시…?
흠흠, 그나저나 아테네 학당을 누가 그렸는지는 아니?
당연히 알죠! 라파엘로!
그렇다면 라파엘로도 아테네 학당 그림에 나오는 것도 아니?
으악? 정말요? 어디, 어디에 있어요?
어허, 내가 그렇게 말했건만! 모든 답은 스스로 찾기!
에이, 또 이러신다. 그럼, 힌트라도 주세요!
힌트는 바로 아테네 학당 그림 안에 있지롱~
어, 어디에 있는 거야~ 라파엘로, 누구냐 너!

MEMO

진짜진짜

독서논술

7권

가이드북

가이드북 활용법

진짜진짜 독서논술의 모든 활동은 논리적인 사고력을 바탕으로 창의적 문제해결력을 기르는 데 목적이 있습니다. 그렇기에 답이 하나로 정해진 경우보다 다양하게 해석 가능한 경우가 많습니다. 중요한 것은 자신의 생각에 논리적 설득력을 갖추는 것입니다. 모두 답이 될 수 있다는 열린 마음으로 활동을 바라봐 주시고, 아이들의 생각을 들어주세요.

정확하게 답으로 나와야 하는 질문에는 답으로 표시했고, 다양한 반응이 나올 수 있는 질문에는 예로 표시했습니다. 답이 다양하게 나올 수 있는 질문들은 예로 제시한 내용을 바탕으로 아이들의 생각이 체계적으로 흘러가는지 주의 깊게 바라봐 주시면 됩니다.

답이나 예외에 + 표시로 들어간 내용들은 더 생각해 봐야 할 이유나 근거를 아이들이 어떻게 제시할 수 있는지 예상한 것입니다. 이 내용을 바탕으로 더 깊이 있는 생각을 이끌어 낼 수 있도록 지도해 보세요.

문제와 활동 옆에는 해설 을 달아서 출제 의도와 문제 유형을 해석해 놓았고, 더불어 지도 방법을 적어 놓았습니다. 가정에서 아이들을 지도하는 데 참고해 주세요.

진짜진짜 독서논술로 '토닥토닥 마음껏 토론'하며 성장해 나갈 아이들의 모습을 기대해 봅니다.

준비하기 20p

예
부모님, 고맙습니다.
꽃집에서 산 진짜 카네이션
문구점에서 산 가짜 카네이션
직접 만든 색종이 카네이션
사랑해요.
+ 부모님을 사랑하는 마음으로 정성껏 만들었기 때문에 좋아하실 것 같습니다.

해설 20p

사랑하는 마음을 표현할 때 중요한 게 무엇인지 생각해 보는 활동입니다. 평소에 경험해 봤을 만한 문제를 통해 마음을 표현하는 방법을 고민해 봅니다.

요지카 낱말 등급 활동지 17~18p

낱말	등급	낱말	등급
금화	★★★★☆	축복하다	★★★★☆
섭섭하다	★★☆☆☆	보잘것없다	★★★★☆
오르락내리락	★★★★★	맡아보다	★★★★★
작별	★★★☆☆	어른어른	★★★★☆
몸소	★★★★☆	어안이 벙벙하다	★★★★

들어보기 22~32p

- ㄱㅎ

제가 주워다 쓴 **금화**가 악마가 일부러 떨어뜨려 놓은 것이라고 해요.

- ㅊㅂㅎㄷ(ㅊㅂㅎ)

우리가 기도할 때면 천사들이 내려와서 우리를 **축복해** 준답니다.

- ㅅㅅㅎㄷ(ㅅㅅㅎ)

동생과 헤어질 때면 늘 **섭섭해** 걸음을 멈추고 뒤돌아보고는 하는데요.

- ㅂㅈㄱㅇㄷ(ㅂㅈㄱㅇㅇ)

제가 지금까지 남을 위해서 한 일들은 **보잘것없이** 느껴졌어요.

- ㅇㄹㄹㄴㄹㄹ

그렇게 산을 몇 번 **오르락내리락**해서 금화를 다 옮겼답니다.

- ㅁㅇㅂㄷ(ㅁㅇㅂ)

물론 이 세 집을 **맡아볼** 관리인도 찾았지요.

- ㅈㅂ

하지만 전 사람들과 **작별**했어요.

- ㅇㄹㅇㄹ

갑자기 눈앞에 **어른어른** 무엇인가 나타났어요.

- ㅁㅅ

이웃을 사랑하는 일은 돈으로 이룰 수 있는 게 아니라, **몸소** 실천하면서 이룰 수 있다.

- ㅇㅇㅇ ㅂㅂㅎㄷ(ㅇㅇㅇ ㅂㅂㅎㅇㅇ)

어안이 벙벙했어요.

따져보기1 27p

1 아파나시와 요한에 대한 설명으로 틀린 것을 찾아 번호를 쓰고, 틀린 부분을 고쳐 문장으로 다시 써 보세요.

답
1. 가난하고 어려운 사람들을 돌본 대가로 품삯을 받는다.
2. 시내에서 떨어진 산에서 살며 일요일에는 일하지 않는다.
3. 다른 이를 위해 사는 게 신의 뜻이라고 생각한다.

(①) 가난하고 어려운 사람들을 돌보며 품삯은 받지 않는다.

2 아파나시와 요한처럼 살면 진짜로 행복할까요? 자신의 생각에 동그라미 치고 이유를 써 보세요.

예 아파나시와 요한처럼 살면 (행복하다 / 행복하지 않다). 왜냐하면 남을 도와주면서 보람을 느낄 수 있기 때문이다.

+ 좋을 일을 하고 보람을 느끼면 행복할 수 있습니다.

3 천사가 아파나시와 요한에게 해 주는 축복은 어떤 것일까요? 짐작해서 써 보세요.

예

늘 건강하게 편안히 살고 주위에 행복을 주는 사람이 되어라.

+ 축복은 행복을 비는 말이니까 좋은 말을 많이 해줬을 거 같습니다.

4 아파나시와 요한은 금화를 어떻게 생각하나요? 이들의 생각에 맞게 선을 그어 보세요.

답

- 금화는 어떻게 쓰느냐에 따라 다르다.
- 금화는 나쁜 것이다.
- 금화로 좋은 일을 할 수 있다.
- 금화는 사람을 나쁘게 만든다.

따져보기2 29p

1 아파나시가 요한과 자신이 지금까지 남을 위해 한 일들이 보잘것없다고 생각하는 이유는 무엇인가요? 문장에 알맞은 낱말을 써 보세요.

답 이 많은 금화 (이)라면 더 많은 이웃들에게 더 큰 도움 을/를 줄 수 있어서 지금까지 한 일들이 보잘것없다고 생각했다.

2 아파나시가 금화로 한 일들은 예전에 했던 일들과 무엇이 다를까요? 다른 점을 생각해서 써 보세요.

예 예전에는 직접 몸으로 이웃을 도왔지만 금화로 한 일들은 아파나시가 직접 일을 하지는 않았습니다.

3 왜 아파나시는 시내에서 계속 살고 싶었을까요? 알맞은 이유를 찾아 동그라미 쳐 보세요.

예

꿈꾸던 일을 계속 실천하면서 살고 싶었기 때문이다.	
모두들 아파나시를 칭찬하자 마음이 뿌듯해졌기 때문이다.	
동생 요한과 산속에서 사는 게 지겨웠기 때문이다.	

+ 동생과 사는 게 지겨웠다는 말은 나오지 않습니다.

4 아파나시는 금화를 보고 달아난 요한이 어리석다고 생각해요. 아파나시의 생각에 동의하는지 이유와 함께 써 보세요.

예

"금화로 많은 사람을 돕는 건 요한과 내가 지금까지 해 온 일보다 훨씬 가치 있어."

아파나시의 생각에 (동의한다 / 동의하지 않는다). 금화로 많은 사람을 도울 수 있으니 금화를 잘 사용하면 좋다.

+ 남을 돕는 건 돈으로도 가능하다고 생각합니다.

해설

27p

1. 책 내용을 잘 이해했는지 확인하는 사실적 질문입니다. 두 주인공은 품삯을 받지 않고 이웃이 나눠주는 것을 먹고삽니다.
2. 주인공의 삶이 진정한 행복인지 따져 보는 활동입니다. 행복의 조건이 무엇인지, 무엇을 할 때 행복을 느끼는지 생각해 볼 수 있습니다.
3. 축복이 무엇인지 생각해 보고 어떤 말을 해주면 주인공에게 축복이 될지 생각해 보는 창의적 활동입니다. 자신이 누군가에게 축복받은 경험이 있는지 물어봐 주세요.
4. 금화를 바라보는 두 형제의 관점이 어떻게 다른지 구체적으로 생각해 보는 활동입니다. 인물의 생각과 어울리는 설명을 정확하게 찾았는지 확인해 주세요.

29p

1. 아파나시의 생각을 중심 낱말로 정리해 보는 사실적 질문입니다. 정확한 낱말을 이야기에서 찾아 쓸 수 있으면 좋습니다.
2. 봉사와 기부의 차이점이 무엇인지 생각해 보는 활동입니다. 아파나시는 봉사를 하다가 기부를 하게 된 후, 남을 돕는 방법에서 생각의 차이를 보입니다.
3. 기부를 통해 많은 사람을 돕는 건 아파나시가 평소에 하고 싶었던 일이라고 했으니 답이 될 수 있습니다. 또한 다른 사람의 칭찬을 받아서 마음이 뿌듯해졌으니 답이 될 수 있습니다.
4. 두 인물 중에서 누구의 생각이 맞는지 따져 보는 활동입니다. 기부와 봉사 중 무엇이 더 중요한지 생각을 확장시켜 볼 수 있습니다.

따져보기3 31p

창의 **1** 수풀에서 금화를 잔뜩 발견한다면 어떻게 할 건가요? 이유와 함께 써 보세요.

예  경찰서에 가지고 가서 주인을 찾아주고 싶습니다.

+ 많은 금화를 잃어버린 주인의 마음이 아플 것 같기 때문입니다.

사실 **2** 천사가 생각하는 아파나시의 잘못은 무엇인가요? 이야기에서 찾아 써 보세요.

답 금화로 이루어 놓은 모든 일, 금화로 이웃을 위한 집을 짓고 이웃을 돌본 게 잘못이라고 생각합니다.

창의 **3** 천사의 말을 들은 아파나시의 마음은 어땠을까요? 아파나시의 마음을 표현한 그림말에 들어갈 알맞은 낱말을 써 보세요.

예 "너는 요한과 같이 지낼 만한 사람이 못 된다."

(◉.◉;;)	┌(;−_−)┘	ㅠ_ㅠ
황당하다	당황스럽다	슬프다

추론 **4** 요한은 왜 금화를 보고 달아났을까요? 요한의 생각을 짐작해서 써 보세요.

예 금화가 사람을 나쁘게 만든다고 생각해서 멀리 달아난 것 같습니다.

+ 요한은 금화가 사람의 마음을 변하게 만든다고 생각하는 것 같습니다.

따져보기4 33p

비판 **1** 아파나시가 금화로 이룬 일들은 칭찬받을 만한가요? 자신의 생각을 써 보세요.

예

칭찬받을 만합니다. 금화를 자신을 위해 쓸 수도 있는데, 몽땅 남을 위해 쓴 건 칭찬받을 일입니다.

비판 **2** 천사의 말처럼 아파나시의 마음이 변했다고 생각하나요? 자신의 생각에 동그라미 치고 이유를 써 보세요.

예 아파나시의 마음은 (변했다(○) 변하지 않았다). 금화로 자신이 한 일에 우쭐해졌기 때문이다.

+ 우쭐한 마음은 뽐내는 마음입니다.

논리 **3** 아파나시와 요한 중에서 누가 더 이웃을 사랑하는 것 같나요? 가치수직선에 색칠해 보세요.

예

+ 둘 다 이웃을 사랑하지만 요한이 더 진심인 것 같습니다. 아파나시는 자신의 행동에 우쭐해지기도 했습니다.

추론 **4** 다음은 아파나시와 요한 중에서 누구의 생각과 어울리는 행동일까요? 인물 스티커를 붙여 보세요.

답

해설

31p

1. 금화를 어떻게 해야 할지 다양한 생각을 표현해 보는 활동입니다. 어떤 방법이 좋은지 생각해 보고 그렇게 생각하는 이유도 말할 수 있도록 지도해 주세요.

2. 천사가 말한 아파나시의 잘못은 무엇인지 확인해 보는 활동입니다. 이야기에서 알맞은 내용을 찾아 문장으로 정확하게 쓸 수 있도록 지도해 주세요.

3. 주인공의 감정을 어떻게 그림말로 표현했는지 확인해 보고, 그림말에 어울리는 낱말로 바꿔보는 활동입니다. 평소에 그림말을 자주 쓰는 아이들이 재미있고 창의적으로 해볼 수 있는 활동입니다.

4. 아파나시와 다르게 행동한 요한의 생각을 짐작해 보는 활동입니다. 예와 비슷한 내용을 추론했는지 살펴봐 주세요.

33p

1. 아파나시가 한 행동을 칭찬할 수 있는지 비판적으로 따져보는 문제입니다. 구체적으로 어떤 행동이 칭찬받을 만한지 생각해 보면 좋습니다.

2. 인물의 말과 행동을 통해 인물의 마음이 변했는지 따져보는 문제입니다. 자신의 생각과 이유를 모두 말할 수 있도록 지도해 주세요.

3. 누구의 행동이 더 이웃 사랑에 가까운지 비교해 보는 활동입니다. 어떤 근거로 두 인물을 판단했는지 이유를 물어봐 주세요.

4. 봉사와 기부의 차이점을 사진으로 확인해 보고, 두 주인공이 어느 쪽에 가까운 인물인지 분류해 보는 활동입니다. 정확하게 답을 찾았는지 확인해 주세요.

해설

34p

이야기의 핵심 내용을 그림과 여러 가지 요소로 표현해 보는 활동입니다. 핵심 장면을 그린 후, 이야기와 어울리는 음악을 선정해 보고, 등장인물도 적어보면서 이야기를 다시 상기시킬 수 있습니다.

35p

아파나시의 마음을 말풍선에 들어갈 만화 대사로 표현해 보는 활동입니다. 인물의 마음이 잘 느껴지도록 마음껏 표현해 보면 좋습니다.

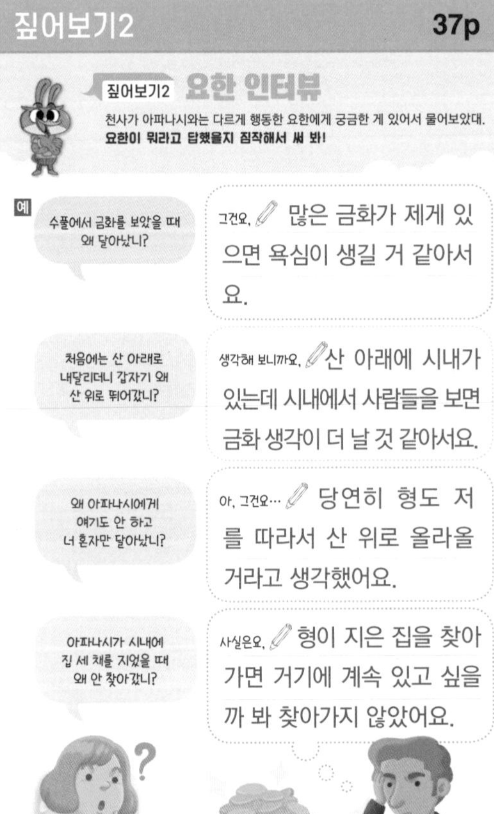

36p

상황에 따라 변하는 천사와 악마의 마음을 그림말로 표현해 보는 활동입니다. 자유롭게 그림말을 찾아서 붙이고 어떤 마음을 표현했는지 말할 수 있도록 지도해 주세요.

37p

인터뷰 형식을 빌려 요한의 마음을 짐작해 보는 활동입니다. 요한의 입장이 되어서 천사의 질문에 어떤 답을 하면 좋을지 생각해 볼 수 있습니다. 예와 비슷한 내용을 썼는지 확인해 주세요.

짚어보기3 38p
짚어보기3 아파나시의 질문
천사와 요한의 인터뷰를 들은 아파나시도 천사에게 궁금한 것을 물어보았대.
천사가 아파나시의 질문에 뭐라고 답했을지 짐작해서 써 봐.
예
금화는 나쁜 건가요, 좋은 건가요?
금화는 쓰는 사람에 따라서 나쁠 수도 좋을 수도 있다.
금화를 가지고 좋은 일을 하면 좋은 건가요, 나쁜 건가요?
나쁜 사람이 금화를 가지고 좋은 일을 하면 좋다고 말할 수 없다.
금화를 가지고 나쁜 일을 하면 사람이 나쁜 건가요, 금화가 나쁜 건가요?
사람이 나쁜 것이다. 금화가 나쁜 짓을 혼자 할 수는 없기 때문이다.

짚어보기4 39p
짚어보기4 두 아파나시
아파나시에게 도움을 받은 사람들은 어떤 아파나시를 더 좋아할까?
좋아하는 만큼 좋아요 스티커를 붙여 봐.
돌봄집
병원
쉼터
몸소 돌보는 아파나시
금화를 나눈 아파나시
예
고아들과 홀로 사는 이들
병들고 아픈 이들
+ 아픈 이들은 병원이 필요하니까 병원을 지은 아파나시를 더 좋아할 것 같습니다.
순례자와 가난한 이들

+ 순례자는 집이 필요하니까 쉼터를 지은 아파나시를 더 좋아할 것 같습니다.

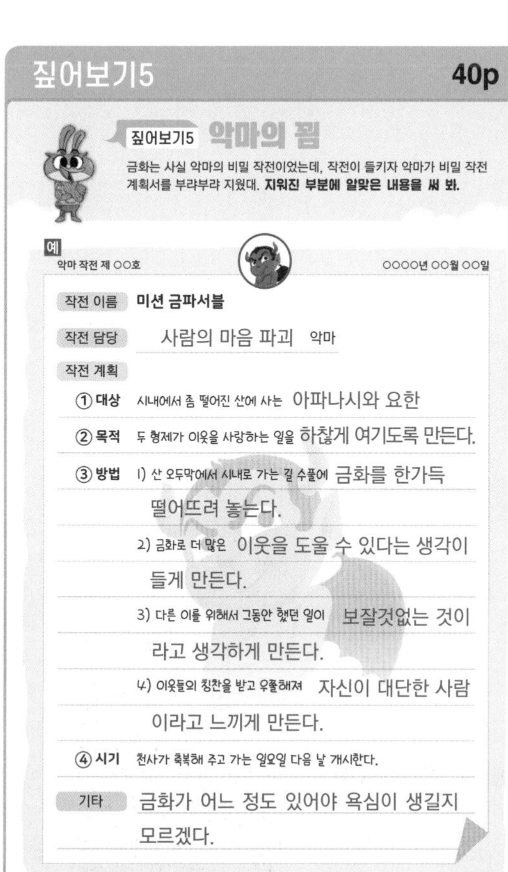

짚어보기5 40p
짚어보기5 악마의 꾀
금화는 사실 악마의 비밀 작전이었는데, 작전이 들키자 악마가 비밀 작전 계획서를 부랴부랴 지웠대. 지워진 부분에 알맞은 내용을 써 봐.
예
악마 작전 제 OO호
OOOO년 OO월 OO일
작전 이름 미션 금파서블
작전 담당 사람의 마음 파괴 악마
작전 계획
① 대상 시내에서 좀 떨어진 산에 사는 아파나시와 요한
② 목적 두 형제가 이웃을 사랑하는 일을 하찮게 여기도록 만든다.
③ 방법 1) 산 오두막에서 시내로 가는 길 수풀에 금화를 한가득 떨어뜨려 놓는다.
2) 금화로 더 많은 이웃을 도울 수 있다는 생각이 들게 만든다.
3) 다른 이를 위해서 그동안 했던 일이 보잘것없는 것이라고 생각하게 만든다.
4) 이웃들의 칭찬을 받고 우쭐해져 자신이 대단한 사람이라고 느끼게 만든다.
④ 시기 천사가 축복해 주고 가는 일요일 다음 날 개시한다.
기타 금화가 어느 정도 있어야 욕심이 생길지 모르겠다.

보고하기 41p

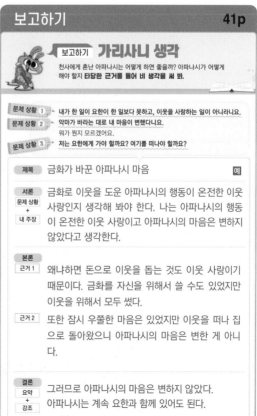

보고하기 가리사니 생각

천사에게 혼난 아파나시는 어떻게 하면 좋을까? 아파나시가 어떻게 해야 할지 **타당한 근거를 들어 네 생각을 써 봐.**

- 문제 상황 1 내가 한 일이 요한이 한 일보다 못하고, 이웃을 사랑하는 일이 아니라니요.
- 문제 상황 2 악마가 바라는 대로 내 마음이 변했다니요. 뭐가 뭔지 모르겠어요.
- 문제 상황 3 저는 요한에게 가야 할까요? 여기를 떠나야 할까요?

	예
제목	금화가 바꾼 아파나시 마음
서론 (문제 상황 + 내 주장)	금화로 이웃을 도운 아파나시의 행동이 온전한 이웃 사랑인지 생각해 봐야 한다. 나는 아파나시의 행동이 온전한 이웃 사랑이고 아파나시의 마음은 변하지 않았다고 생각한다.
본론 근거 1	왜냐하면 돈으로 이웃을 돕는 것도 이웃 사랑이기 때문이다. 금화를 자신을 위해서 쓸 수도 있었지만 이웃을 위해서 모두 썼다.
근거 2	또한 잠시 우쭐한 마음은 있었지만 이웃을 떠나 집으로 돌아왔으니 아파나시의 마음은 변한 게 아니다.
결론 (요약 + 강조)	그러므로 아파나시의 마음은 변하지 않았다. 아파나시는 계속 요한과 함께 있어도 된다.

해설

38p

인물의 질문 형식을 빌려 이야기의 주제를 생각해 보는 활동입니다. 천사가 되어서 생각과 관점을 서술해 보는 활동이므로 정해진 답이 없습니다. 왜 그렇게 생각했는지 이유까지 밝힐 수 있도록 지도해 주세요.

39p

도움을 받는 입장에서 직접 도움을 받는 것과 기부를 통해 도움을 받는 것의 차이점을 생각해 보는 활동입니다.

40p

금화가 어떻게 사람의 마음을 변화시키는지 생각해 보는 활동입니다. 활동 계획서의 빈칸을 채우면서 창의적이고 재치 있게 답변할 수 있습니다.

41p

주어진 주제에 타당한 근거를 들어 한 편의 완성된 논술문을 쓰는 활동입니다. 근거는 중심 문장과 뒷받침 문장으로 쓸 수 있도록 지도해 주세요. 뒷받침 문장은 중심 내용을 부연 설명하거나 예시를 들면 됩니다.

어휘다지기 42p
어휘다지기 아파나시 뒤풀이
아파나시가 낱말 퀴즈 뒤풀이를 열었어. 낱말 퀴즈를 풀어서 가리사니 힘을 다져 보자고. 요지카를 보면서 문제를 풀어 봐.
1 다음 문장에서 틀린 글자를 찾아 X표 하고 낱말을 바르게 고쳐 써 보세요.
물론 이 세 집을 맡아볼 관리인도 찾았지요.
늘 섭섭해 걸음을 멈추고 뒤돌아보고는 하는데요.
천사는 매주 우리 형제를 찾아와 축복해 주었지요.
맡 아 볼
섭 섭 해
축 복 해
2 악마가 두 낱말을 문장 안에 넣어서 뒤죽박죽 숨겼어요. 천사가 주는 힌트를 보고 두 글자의 낱말을 찾아 써 보세요.
뭐, 내 작전이 별로라고? 조금 화가 나네!
치, 금으로 만든 동전?
금 화
잘 있어, 안녕!
작 별

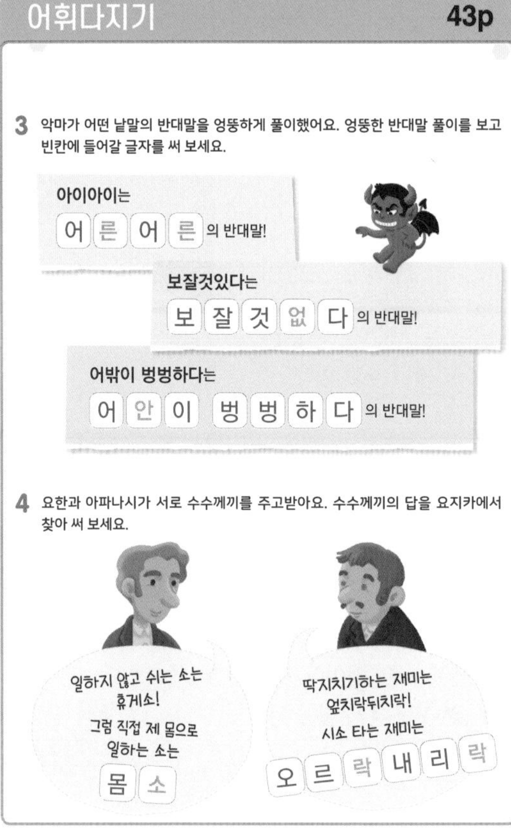

어휘다지기 43p
3 악마가 어떤 낱말의 반대말을 엉뚱하게 풀이했어요. 엉뚱한 반대말 풀이를 보고 빈칸에 들어갈 글자를 써 보세요.
아이아이는
어 른 어 른 의 반대말!
보잘것있다는
보 잘 것 없 다 의 반대말!
어밖이 벙벙하다는
어 안 이 벙 벙 하 다 의 반대말!
4 요한과 아파나시가 서로 수수께끼를 주고받아요. 수수께끼의 답을 요지카에서 찾아 써 보세요.
일하지 않고 쉬는 소는 휴게소!
그럼 직접 제 몸으로 일하는 소는
몸 소
딱지치기하는 재미는 엎치락뒤치락!
시소 타는 재미는
오 르 락 내 리 락

해설

42~43p

요지카에서 다룬 어휘를 다시 한번 문제로 풀어보면서 어휘력을 기르는 활동입니다. 요지카를 보면서 문제를 풀 수 있도록 지도해 주세요.

2장 오줌통

준비하기 46p

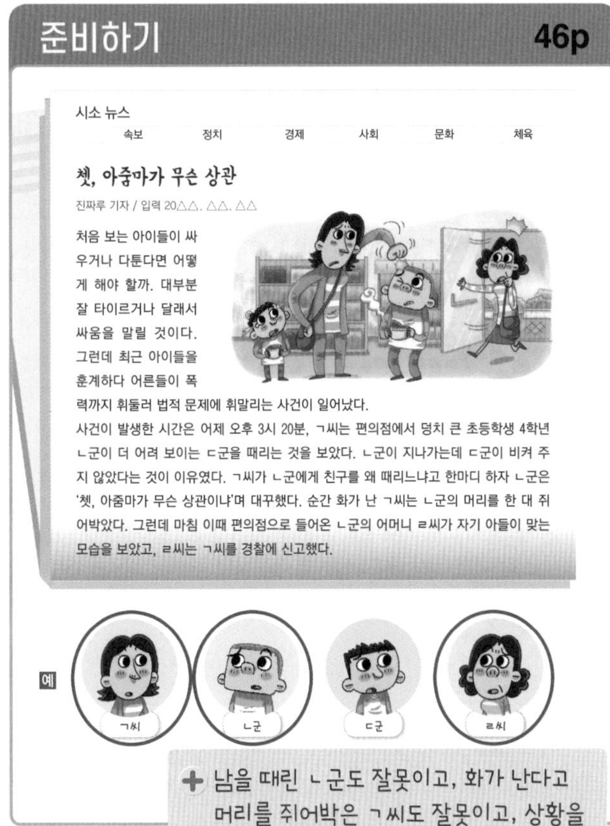

시소 뉴스

속보 정치 경제 사회 문화 체육

쳇, 아줌마가 무슨 상관

진짜루 기자 / 입력 20△△. △△. △△

처음 보는 아이들이 싸우거나 다툰다면 어떻게 해야 할까. 대부분 잘 타이르거나 달래서 싸움을 말릴 것이다. 그런데 최근 아이들을 훈계하다 어른들이 폭력까지 휘둘러 법적 문제에 휘말리는 사건이 일어났다.

사건이 발생한 시간은 어제 오후 3시 20분, ㄱ씨는 편의점에서 덩치 큰 초등학생 4학년 ㄴ군이 더 어려 보이는 ㄷ군을 때리는 것을 보았다. ㄴ군이 지나가는데 ㄷ군이 비켜 주지 않았다는 것이 이유였다. ㄱ씨가 ㄴ군에게 친구를 왜 때리느냐고 한마디 하자 ㄴ군은 '쳇, 아줌마가 무슨 상관이냐'며 대꾸했다. 순간 화가 난 ㄱ씨는 ㄴ군의 머리를 한 대 쥐어박았다. 그런데 마침 이때 편의점으로 들어온 ㄴ군의 어머니 ㄹ씨가 자기 아들이 맞는 모습을 보았고, ㄹ씨는 ㄱ씨를 경찰에 신고했다.

+ 남을 때린 ㄴ군도 잘못이고, 화가 난다고 머리를 쥐어박은 ㄱ씨도 잘못이고, 상황을 모르고 무작정 신고한 ㄹ씨도 잘못입니다.

해설 46p

제시된 상황에서 폭력이 정당화될 수 있는지 따져보는 활동입니다. 자신이라면 같은 상황에서 어떻게 했을지 생각해 보면 좋습니다.

요지카 낱말 등급 활동지 19~20p

낱말	등급	낱말	등급
저잣거리	★★★★★	상민	★★★★☆
으슥하다	★★★★☆	위세	★★★★☆
상스럽다	★★★★☆	오죽하다	★★★☆☆
꾸지람	★★☆☆☆	후려치다	★★★★☆
분풀이	★★★☆☆	뭇매	★★★★★

들어보기 48~59p

● ㅈㅈㄱㄹ

또 **저잣거리** 오줌통에 오줌을 싸고 있는 게 아니겠어요.

● ㅅㅁ

상민이면 몰라도 양반 신분으로 그런 짓을 하면 불결죄로 다스리게 되어 있거든요.

● ㅇㅅㅎㄷ(ㅇㅅㅎ)

저잣거리의 **으슥한** 곳에는 관가에서 갖다 놓은 오줌통이 있어요.

● ㅇㅅ

이 대감의 **위세**가 두려워서 감히 어쩌지 못했던 거예요.

● ㅅㅅㄹㄷ (ㅅㅅㄹㅇ)

수많은 사람이 드나드는 저잣거리에서 대낮에 오줌을 누는 행동은 **상스러운** 짓이다.

● ㅇㅈㅎㄷ(ㅇㅈㅎㄱㅇㅇ)

저도 이렇게 기가 차는데 이 대감은 **오죽했겠어요**.

● ㄲㅈㄹ

하지만 아버지의 **꾸지람**을 듣고도 정신 못 차린 이 녀석은

● ㅎㄹㅊㄷ(ㅎㄹㅊㅇㅇ)

그래서 참다못해 녀석을 몽둥이로 **후려쳤어요**.

● ㅂㅍㅇ

십 년 넘게 참은 저잣거리 사람들을 대신해서 내가 **분풀이**를 한 것이라고 말해 주었지요.

● ㅁㅁ

다행히 이 대감 아들은 그렇게 **뭇매**를 맞고 반성했다고 하더군요.

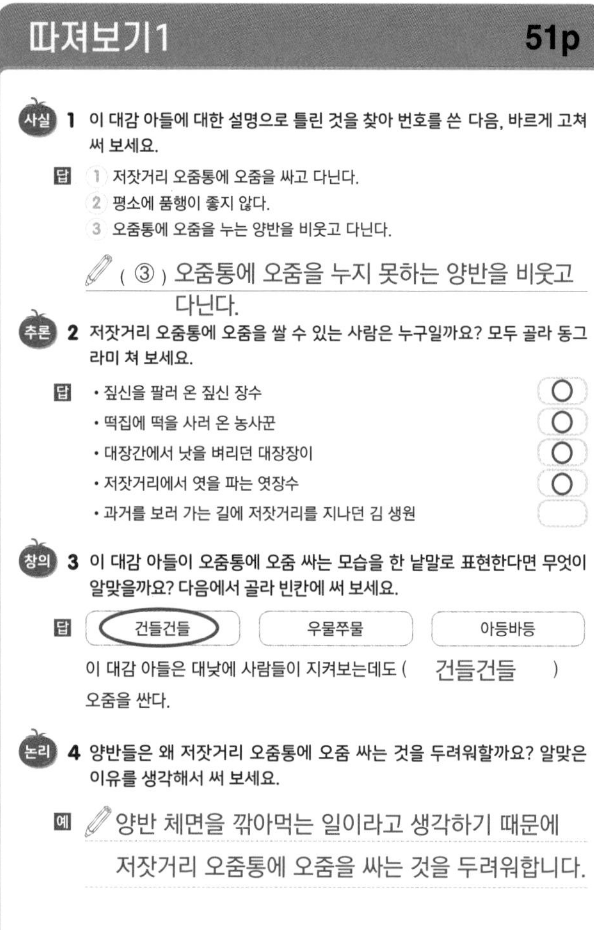

따져보기1 51p

사실 **1** 이 대감 아들에 대한 설명으로 틀린 것을 찾아 번호를 쓴 다음, 바르게 고쳐 써 보세요.

답
1 저잣거리 오줌통에 오줌을 싸고 다닌다.
2 평소에 품행이 좋지 않다.
3 오줌통에 오줌을 누는 양반을 비웃고 다닌다.

(③) 오줌통에 오줌을 누지 못하는 양반을 비웃고 다닌다.

추론 **2** 저잣거리 오줌통에 오줌을 쌀 수 있는 사람은 누구일까요? 모두 골라 동그라미 쳐 보세요.

답
- 짚신을 팔러 온 짚신 장수 O
- 떡집에 떡을 사러 온 농사꾼 O
- 대장간에서 낫을 벼리던 대장장이 O
- 저잣거리에서 엿을 파는 엿장수 O
- 과거를 보러 가는 길에 저잣거리를 지나던 김 생원

창의 **3** 이 대감 아들이 오줌통에 오줌 싸는 모습을 한 낱말로 표현한다면 무엇이 알맞을까요? 다음에서 골라 빈칸에 써 보세요.

답 (건들건들) 우물쭈물 아등바등

이 대감 아들은 대낮에 사람들이 지켜보는데도 (건들건들) 오줌을 싼다.

논리 **4** 양반들은 왜 저잣거리 오줌통에 오줌 싸는 것을 두려워할까요? 알맞은 이유를 생각해서 써 보세요.

예 양반 체면을 깎아먹는 일이라고 생각하기 때문에 저잣거리 오줌통에 오줌을 싸는 것을 두려워합니다.

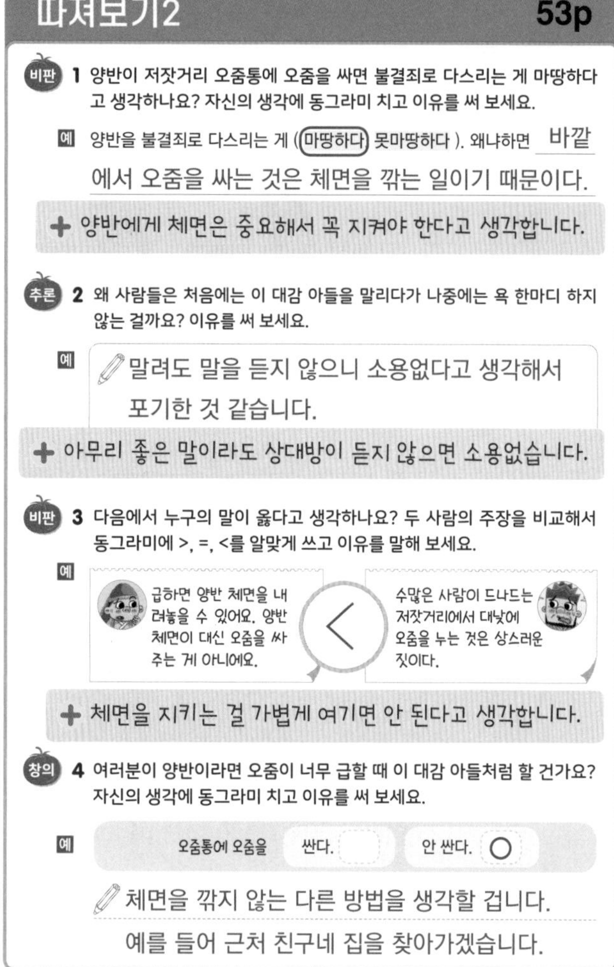

따져보기2 53p

비판 **1** 양반이 저잣거리 오줌통에 오줌을 싸면 불결죄로 다스리는 게 마땅하다고 생각하나요? 자신의 생각에 동그라미 치고 이유를 써 보세요.

예 양반을 불결죄로 다스리는 게 ((마땅하다) 못마땅하다). 왜냐하면 바깥에서 오줌을 싸는 것은 체면을 깎는 일이기 때문이다.

+ 양반에게 체면은 중요해서 꼭 지켜야 한다고 생각합니다.

추론 **2** 왜 사람들은 처음에는 이 대감 아들을 말리다가 나중에는 욕 한마디 하지 않는 걸까요? 이유를 써 보세요.

예 말려도 말을 듣지 않으니 소용없다고 생각해서 포기한 것 같습니다.

+ 아무리 좋은 말이라도 상대방이 듣지 않으면 소용없습니다.

비판 **3** 다음에서 누구의 말이 옳다고 생각하나요? 두 사람의 주장을 비교해서 동그라미에 >, =, <를 알맞게 쓰고 이유를 말해 보세요.

예

급하면 양반 체면을 내려놓을 수 있어요. 양반 체면이 대신 오줌을 싸 주는 게 아니에요.	<	수많은 사람이 드나드는 저잣거리에서 대낮에 오줌을 누는 것은 상스러운 짓이다.

+ 체면을 지키는 걸 가볍게 여기면 안 된다고 생각합니다.

창의 **4** 여러분이 양반이라면 오줌이 너무 급할 때 이 대감 아들처럼 할 건가요? 자신의 생각에 동그라미 치고 이유를 써 보세요.

예 오줌통에 오줌을 싼다. ( ) 안 싼다. (O)

체면을 깎지 않는 다른 방법을 생각할 겁니다. 예를 들어 근처 친구네 집을 찾아가겠습니다.

해설

51p

1. 내용을 잘 이해하고 있는지 확인하는 사실적 질문입니다. 답을 정확하게 찾았는지 확인해 주시고, 틀린 부분을 바르게 문장으로 고쳤는지 살펴봐 주세요.

2. 양반과 상민의 신분에 해당하는 사람이 누구인지 찾는 활동입니다. 직업에 따라 양반과 상민을 구분지어 보고, 조선 시대 양반의 사회적 지위에 대해 생각해 볼 수 있습니다.

3. 이 대감 아들의 행실을 모양을 흉내낸 말로 표현하는 활동입니다. 건들건들: 사람이 건드러진 태도로 되바라지게 행동하는 모양.

4. 양반들이 중요하게 여기는 체면을 오줌통에 오줌을 싸는 행동과 연관지어 설명해 보는 활동입니다. 이야기에 나온 체면, 양반 등의 중심 낱말을 사용해서 문장을 쓰면 좋습니다.

53p

1. 양반의 체면과 관련된 불결죄가 마땅한지 비판해 보는 활동입니다. 정해진 답은 없으므로 자신의 생각을 뒷받침하는 이유를 논리적으로 쓰면 답으로 인정해 주세요.

2. 이야기의 흐름을 맥락적으로 잘 이해하고 있는지 살펴보는 활동입니다. 자신의 생각을 문장으로 바르게 표현하면 좋습니다.

3. 두 사람의 주장을 비교해서 누구의 말이 맞는지 따져보는 활동입니다. 자신이 지지하는 주장을 뒷받침하는 논리적 근거를 말해 볼 수 있도록 지도해 주세요.

4. 자신이 주인공이라면 어떻게 할지 고민해 보는 활동입니다. 나아가 문제를 해결할 수 있는 더 좋은 대안을 창의적으로 제시해 볼 수 있습니다.

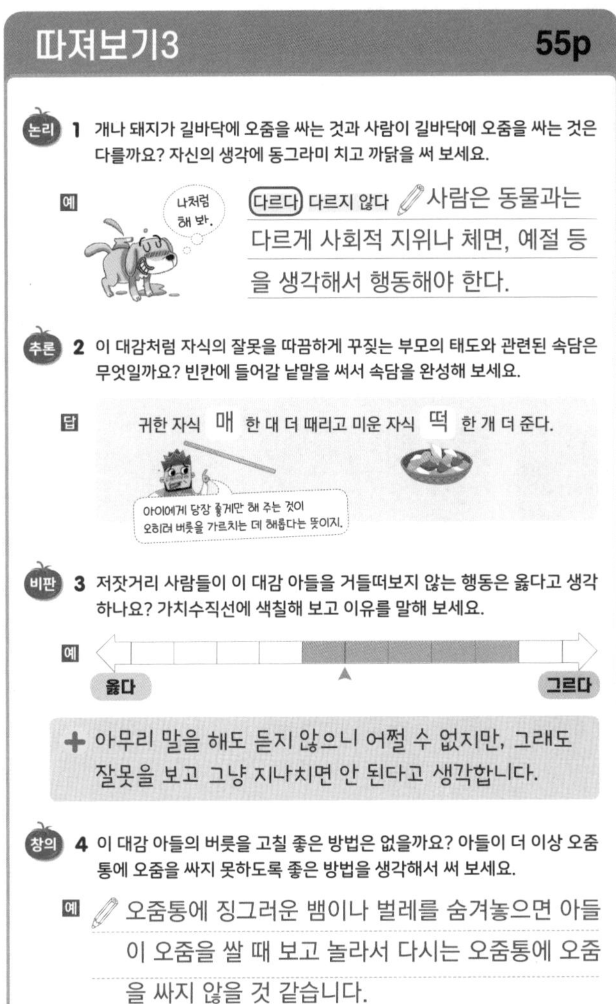

따져보기3 55p

논리 1 개나 돼지가 길바닥에 오줌을 싸는 것과 사람이 길바닥에 오줌을 싸는 것은 다를까요? 자신의 생각에 동그라미 치고 까닭을 써 보세요.

예 나처럼 해 봐. (다르다) 다르지 않다 사람은 동물과는 다르게 사회적 지위나 체면, 예절 등을 생각해서 행동해야 한다.

추론 2 이 대감처럼 자식의 잘못을 따끔하게 꾸짖는 부모의 태도와 관련된 속담은 무엇일까요? 빈칸에 들어갈 낱말을 써서 속담을 완성해 보세요.

답 귀한 자식 매 한 대 더 때리고 미운 자식 떡 한 개 더 준다.

아이에게 당장 좋게만 해 주는 것이 오히려 버릇을 가르치는 데 해롭다는 뜻이지.

비판 3 저잣거리 사람들이 이 대감 아들을 거들떠보지 않는 행동은 옳다고 생각하나요? 가치수직선에 색칠해 보고 이유를 말해 보세요.

예 옳다 ◀▶ 그르다

+ 아무리 말을 해도 듣지 않으니 어쩔 수 없지만, 그래도 잘못을 보고 그냥 지나치면 안 된다고 생각합니다.

창의 4 이 대감 아들의 버릇을 고칠 좋은 방법은 없을까요? 아들이 더 이상 오줌통에 오줌을 싸지 못하도록 좋은 방법을 생각해서 써 보세요.

예 오줌통에 징그러운 뱀이나 벌레를 숨겨놓으면 아들이 오줌을 쌀 때 보고 놀라서 다시는 오줌통에 오줌을 싸지 않을 것 같습니다.

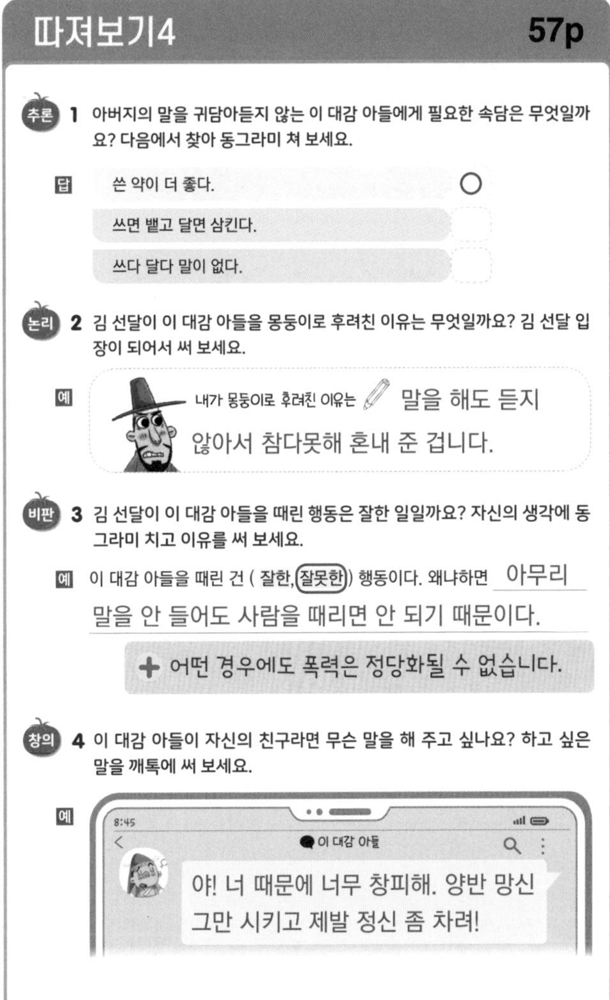

따져보기4 57p

추론 1 아버지의 말을 귀담아듣지 않는 이 대감 아들에게 필요한 속담은 무엇일까요? 다음에서 찾아 동그라미 쳐 보세요.

답
- 쓴 약이 더 좋다. ○
- 쓰면 뱉고 달면 삼킨다.
- 쓰다 달다 말이 없다.

논리 2 김 선달이 이 대감 아들을 몽둥이로 후려친 이유는 무엇일까요? 김 선달 입장이 되어서 써 보세요.

예 내가 몽둥이로 후려친 이유는 말을 해도 듣지 않아서 참다못해 혼내 준 겁니다.

비판 3 김 선달이 이 대감 아들을 때린 행동은 잘한 일일까요? 자신의 생각에 동그라미 치고 이유를 써 보세요.

예 이 대감 아들을 때린 건 (잘한, (잘못한)) 행동이다. 왜냐하면 아무리 말을 안 들어도 사람을 때리면 안 되기 때문이다.

+ 어떤 경우에도 폭력은 정당화될 수 없습니다.

창의 4 이 대감 아들이 자신의 친구라면 무슨 말을 해 주고 싶나요? 하고 싶은 말을 깨톡에 써 보세요.

예 8:45 이 대감 아들
야! 너 때문에 너무 창피해. 양반 망신 그만 시키고 제발 정신 좀 차려!

해설

55p

1. 사람과 동물의 다른 점은 무엇인지, 본능에 따른 행동에서도 사람이 동물과 구별되어야 하는지 생각해 보는 활동입니다. 정해진 답은 없고 생각을 설득력 있는 내용으로 서술했는지 살펴봐 주세요.

2. 자녀를 훈육하는 부모의 태도와 관련된 속담을 배워보는 활동입니다. 그림과 맥락적 의미를 통해 알맞은 낱말을 추론해 볼 수 있습니다.

3. 저잣거리 사람들의 방관적 태도를 비판해 보는 활동입니다. 옳다, 그르다, 한쪽으로만 판가름할 수 없으므로 가치수직선에 옳거나 그르다고 생각하는 만큼 색칠해서 자신의 생각을 표해 봅니다.

4. 문제 상황을 해결할 수 있는 방법을 창의적으로 제시해 보는 활동입니다. 정해진 답이 없으므로 재치 있는 답변을 기대해 봅니다.

57p

1. 이 대감 아들처럼 좋은 말을 듣지 않는 사람에게 충고한다면 어떤 속담이 어울릴지 찾아보는 활동입니다. 속담의 뜻을 알아보고 알맞은 답을 찾을 수 있도록 지도해 주세요.

2. 김 선달의 입장이 되어서 이 대감 아들을 몽둥이로 때린 이유를 설명해 보는 활동입니다. 그 인물의 입장이 되어서 생각해 봄으로써 이야기를 폭넓게 이해할 수 있습니다.

3. 김 선달이 아들을 때린 게 잘한 행동인지 비판해 보는 활동입니다. 정해진 답이 없으므로 주장과 이유에 설득력이 있는지 살펴봐 주세요.

4. 주인공에게 해주고 싶은 말을 창의적으로 표현해 보는 활동입니다. 이야기와 관련된 내용을 쓸 수 있도록 지도해 주시고, 문장으로 잘 표현되었는지 살펴봐 주세요.

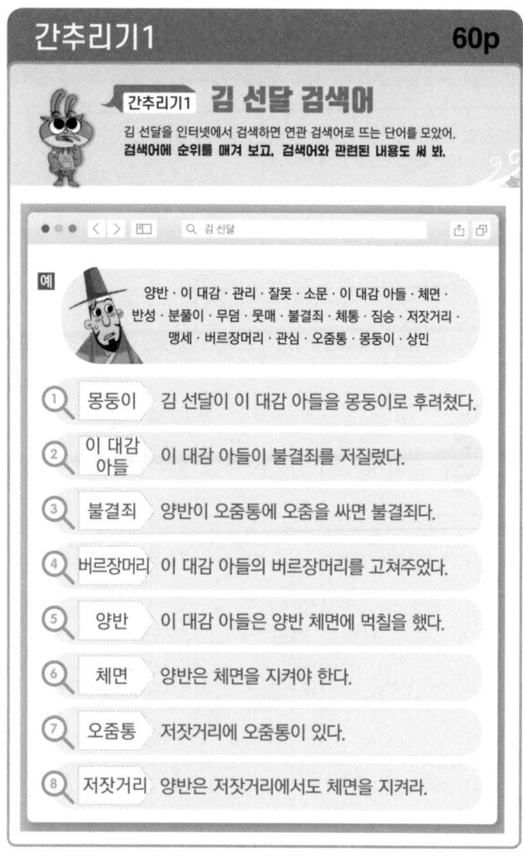

간추리기1
60p
간추리기1 김 선달 검색어
김 선달을 인터넷에서 검색하면 연관 검색어로 뜨는 단어를 모았어.
검색어에 순위를 매겨 보고, 검색어와 관련된 내용도 써 봐.
김 선달
예
양반 · 이 대감 · 관리 · 잘못 · 소문 · 이 대감 아들 · 체면 · 반성 · 분풀이 · 무덤 · 뭇매 · 불결죄 · 체통 · 짐승 · 저잣거리 · 맹세 · 버르장머리 · 관심 · 오줌통 · 몽둥이 · 상민
1 몽둥이 김 선달이 이 대감 아들을 몽둥이로 후려쳤다.
2 이 대감 아들 이 대감 아들이 불결죄를 저질렀다.
3 불결죄 양반이 오줌통에 오줌을 싸면 불결죄다.
4 버르장머리 이 대감 아들의 버르장머리를 고쳐주었다.
5 양반 이 대감 아들은 양반 체면에 먹칠을 했다.
6 체면 양반은 체면을 지켜야 한다.
7 오줌통 저잣거리에 오줌통이 있다.
8 저잣거리 양반은 저잣거리에서도 체면을 지켜라.

간추리기2
61p
간추리기2 김 선달 SNS
김 선달이 이 대감 아들 이야기를 SNS에 올리려고 하는데 사진 설명이 필요해. 해시태그에 들어갈 사진 설명을 써 봐.
예
이 대감 아들 # 저잣거리 # 오줌통
귀한 자식 # 매 한 대
양반 # 체면 #먹칠 # 불결죄
개 # 돼지 # 사람 # 짐승 같은
김 선달 # 몽둥이 # 뭇매 # 따끔하게
반성 # 후회 # 깨달음 # 아버지 # 무덤

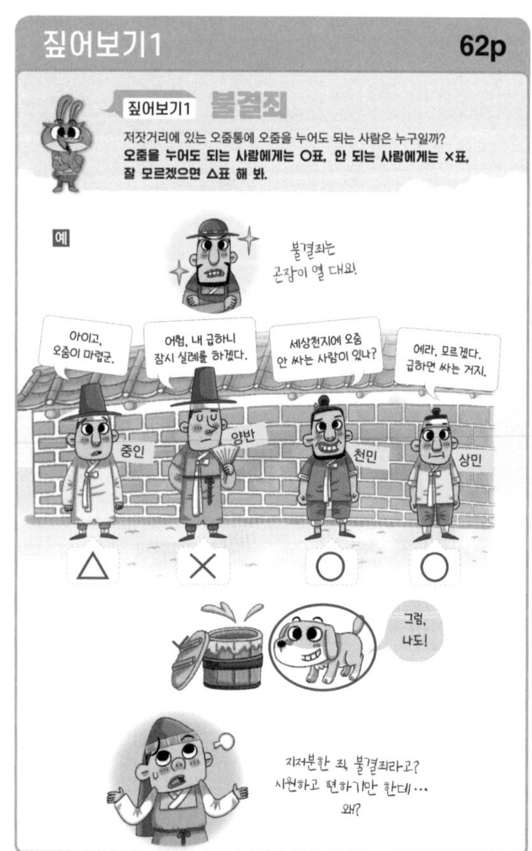

짚어보기1
62p
짚어보기1 불결죄
저잣거리에 있는 오줌통에 오줌을 누어도 되는 사람은 누구일까?
오줌을 누어도 되는 사람에게는 O표, 안 되는 사람에게는 ×표, 잘 모르겠으면 △표 해 봐.
예
불결죄는 곤장이 열 대요!
아이고, 오줌이 마렵군.
어험, 내 급하니 잠시 실례를 하겠다.
세상천지에 오줌 안 싸는 사람이 있나?
에라, 모르겠다. 급하면 싸는 거지.
중인
양반
천민
상민
△
×
○
○
그럼, 나도!
지저분한 죄, 불결죄라고? 시원하고 편하기만 한데… 왜?

짚어보기2
63p
짚어보기2 앗 양반이
오줌통에 오줌을 싸는 이 대감 아들을 지켜보는 사람들의 마음은 어땠을까?
이들의 마음을 짐작해서 속마음을 써 봐.
예
저런, 양반 얼굴에 먹칠을 하다니! 혼쭐을 내줘야지!
김 선달
아이코, 이 대감 아들이라 뭐라고 할 수도 없고 이를 어쩌지.
관리
헉, 양반이 저래도 되나? 무늬만 양반이구나!
상민

해설

60p

이야기에 나온 중심 낱말을 중요한 순서로 순위를 매겨보고, 중심 낱말과 관련된 내용을 써서 이야기를 정리해 보는 활동입니다.

61p

주요 사건에 어울리는 중심 낱말을 해시태크에 표현하는 활동입니다. 핵심 낱말을 써도 되고, 문장으로 설명해도 좋습니다.

62p

조선시대 신분제도를 바탕으로 이야기의 문제 상황을 이해해 보는 활동입니다. 아직 신분제도를 배우기 전이지만, 드라마나 책에서 익힌 배경지식을 활용해서 문제를 풀어볼 수 있습니다. 신분에 맞는 답을 찾을 수도 있지만, 자신의 생각을 답으로 쓸 수도 있으니 아이들의 생각을 넓게 수용해 주세요.

63p

각 신분에 따라 이 대감 아들의 행동을 어떻게 바라보는지 살펴보는 활동입니다.

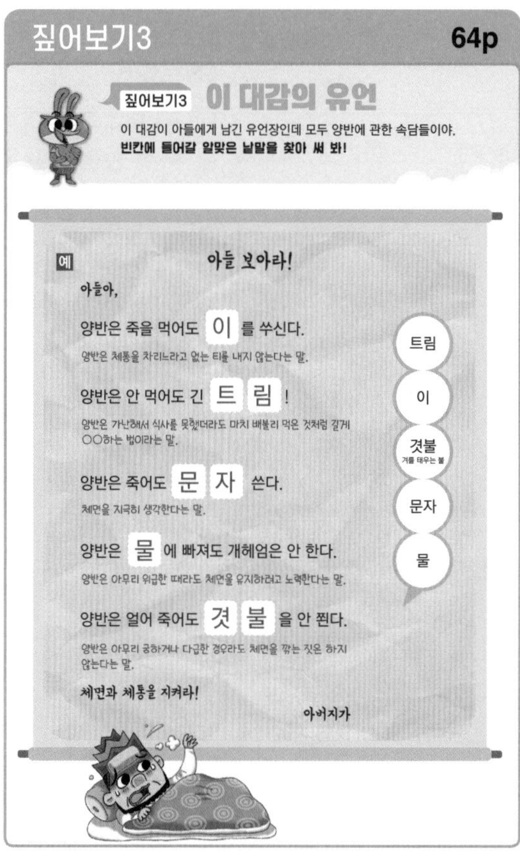
짚어보기3 64p

짚어보기3 이 대감의 유언

이 대감이 아들에게 남긴 유언장인데 모두 양반에 관한 속담들이야.
빈칸에 들어갈 알맞은 낱말을 찾아 써 봐!

예

아들 보아라!

아들아,

양반은 죽을 먹어도 이 를 쑤신다.
양반은 체통을 차리느라고 없는 티를 내지 않는다는 말.

양반은 안 먹어도 긴 트 림 !
양반은 가난해서 식사를 못했더라도 마치 배불리 먹은 것처럼 길게 ○○하는 법이라는 말.

양반은 죽어도 문 자 쓴다.
체면을 지극히 생각한다는 말.

양반은 물 에 빠져도 개헤엄은 안 한다.
양반은 아무리 위급한 때라도 체면을 유지하려고 노력한다는 말.

양반은 얼어 죽어도 겻 불 을 안 쬔다.
양반은 아무리 궁하거나 다급한 경우라도 체면을 깎는 짓은 하지 않는다는 말.

체면과 체통을 지켜라!

아버지가

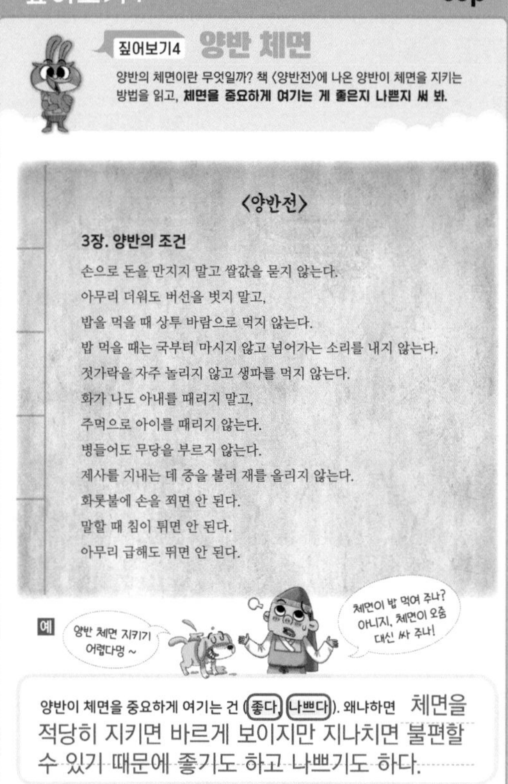
짚어보기4 65p

짚어보기4 양반 체면

양반의 체면이란 무엇일까? 책 〈양반전〉에 나온 양반이 체면을 지키는 방법을 읽고, **체면을 중요하게 여기는 게 좋은지 나쁜지 써 봐.**

〈양반전〉

3장. 양반의 조건

손으로 돈을 만지지 말고 쌀값을 묻지 않는다.
아무리 더워도 버선을 벗지 말고,
밥을 먹을 때 상투 바람으로 먹지 않는다.
밥 먹을 때는 국부터 마시지 않고 넘어가는 소리를 내지 않는다.
젓가락을 자주 놀리지 않고 생파를 먹지 않는다.
화가 나도 아내를 때리지 말고,
주먹으로 아이를 때리지 않는다.
병들어도 무당을 부르지 않는다.
제사를 지내는 데 중을 불러 재를 올리지 않는다.
화롯불에 손을 쬐면 안 된다.
말할 때 침이 튀면 안 된다.
아무리 급해도 뛰면 안 된다.

예

양반 체면 지키기 어렵다멍~
체면이 밥 먹여 주나? 아니지, 체면이 오줌 대신 싸 주나!

양반이 체면을 중요하게 여기는 건 (좋다, 나쁘다). 왜냐하면 체면을 적당히 지키면 바르게 보이지만 지나치면 불편할 수 있기 때문에 좋기도 하고 나쁘기도 하다.

해설

64p

양반의 체면과 관련된 속담을 익히는 활동입니다. 체면과 관련된 속담이 많이 전해지는 것처럼 양반에게 체면이 얼마나 중요했는지 확인해 볼 수 있습니다.

65p

〈양반전〉에 나온 양반의 조건을 읽고 양반이 체면을 지키는 게 좋은지 생각해 보는 활동입니다. 각 항목을 꼼꼼하게 읽고 비판의 근거를 체계적으로 마련할 수 있도록 지도해 주세요.

짚어보기5 66p

짚어보기5 네 죄를 네가

사또가 이 대감 아들 이야기를 듣고는 관련 있는 사람들을 모조리 잡아들여 죄를 묻고 있어. **이들이 죄가 있는지 없는지 V표 하고 어떻게 처벌할지 써 봐!**

네 죄를 네가 알렷다!
우리가 무슨 죄가 있다고…?

예

네 죄를 네가 알렷다!
아무리 양반이라고는 하나 무슨 권리가 있다고 사람을 함부로 때리느냐?
김 선달 — ✓유죄 □무죄 처벌은 곤장 1 대!

네 죄를 네가 알렷다!
오줌통 관리로서 이 대감 아들을 막지 못한 걸 책임져라!
관리 — □유죄 ✓무죄 처벌은 곤장 0 대!
+ 양반보다 신분이 낮아서 막지 못한 것이니 죄가 없습니다.

네 죄를 네가 알렷다!
상민 주제에 감히 양반을 비웃고 놀리다니 네 이놈!
상민 — □유죄 ✓무죄 처벌은 곤장 0 대!
+ 잘못된 걸 보고 놀리는 건 신분에 상관없이 누구나 할 수 있습니다.

네 죄를 네가 알렷다!
어찌 양반이 되어서 체통을 지키지 못하고 멋대로 행동하느냐!
이 대감 아들 — ✓유죄 □무죄 처벌은 곤장 100 대!

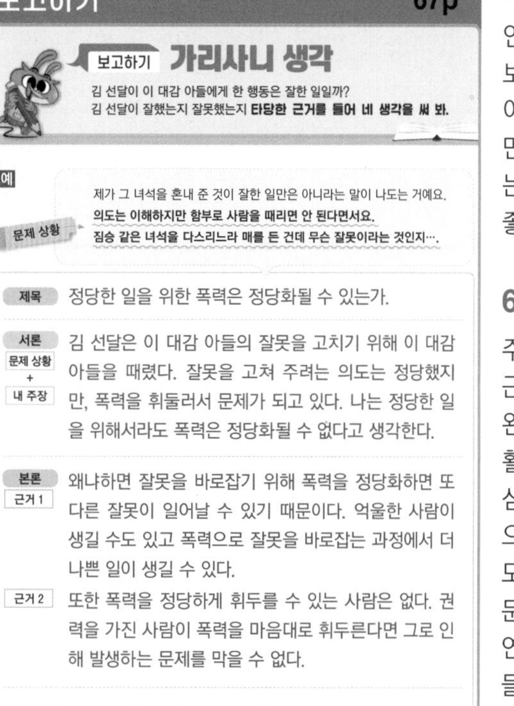
보고하기 67p

보고하기 가리사니 생각

김 선달이 이 대감 아들에게 한 행동은 잘한 일일까?
김 선달이 잘했는지 잘못했는지 **타당한 근거를 들어 네 생각을 써 봐.**

예

문제 상황 → 제가 그 녀석을 혼내 준 것이 잘한 일만은 아니라는 말이 나도는 거예요. **의도는 이해하지만 함부로 사람을 때리면 안 된다면서요. 짐승 같은 녀석을 다스리느라 매를 든 건데 무슨 잘못이라는 것인지….**

제목	정당한 일을 위한 폭력은 정당화될 수 있는가.
서론 (문제 상황 + 내 주장)	김 선달은 이 대감 아들의 잘못을 고치기 위해 이 대감 아들을 때렸다. 잘못을 고쳐 주려는 의도는 정당했지만, 폭력을 휘둘러서 문제가 되고 있다. 나는 정당한 일을 위해서라도 폭력은 정당화될 수 없다고 생각한다.
본론 근거 1	왜냐하면 잘못을 바로잡기 위해 폭력을 정당화하면 또 다른 잘못이 일어날 수 있기 때문이다. 억울한 사람이 생길 수도 있고 폭력으로 잘못을 바로잡는 과정에서 더 나쁜 일이 생길 수 있다.
근거 2	또한 폭력을 정당하게 휘두를 수 있는 사람은 없다. 권력을 가진 사람이 폭력을 마음대로 휘두른다면 그로 인해 발생하는 문제를 막을 수 없다.
결론 (요약 + 강조)	그러므로 정당한 일을 위한 일이라도 폭력은 정당화될 수 없다. 이 대감 아들의 잘못을 고치려면 비폭력적인 방법을 써야 한다.

66p

인물들의 잘못을 따져 보는 활동입니다. 잘못이 제시문에 나와 있지만, 또다른 잘못은 없는지 더 생각해 보면 좋습니다.

67p

주어진 주제에 타당한 근거를 들어 한 편의 완성된 논술문을 쓰는 활동입니다. 근거는 중심 문장과 뒷받침 문장으로 쓸 수 있도록 지도해 주세요. 뒷받침 문장은 중심 내용을 부연 설명하거나 예시를 들면 됩니다.

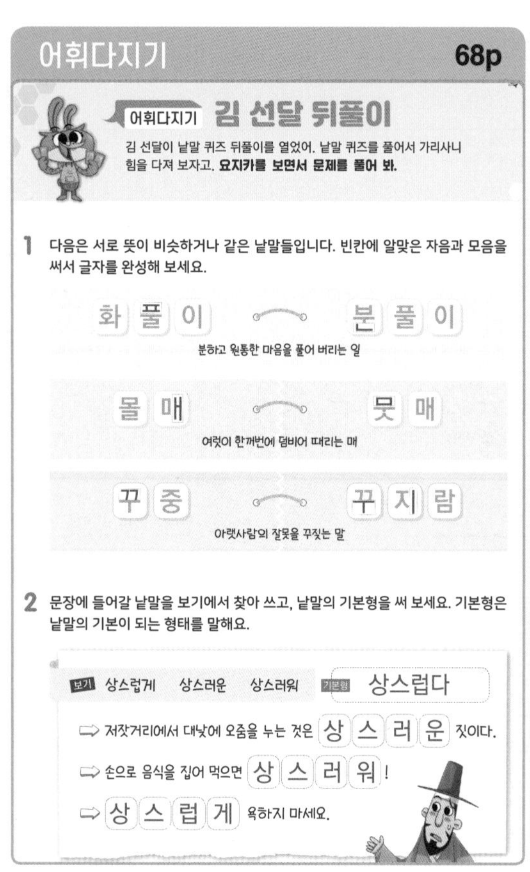

어휘다지기 68p

어휘다지기 김 선달 뒤풀이

김 선달이 낱말 퀴즈 뒤풀이를 열었어. 낱말 퀴즈를 풀어서 가리사니 힘을 다져 보자고. **요지카를 보면서 문제를 풀어 봐.**

1 다음은 서로 뜻이 비슷하거나 같은 낱말들입니다. 빈칸에 알맞은 자음과 모음을 써서 글자를 완성해 보세요.

화풀이 ― 분풀이
분하고 원통한 마음을 풀어 버리는 일

몰매 ― 뭇매
여럿이 한꺼번에 덤비어 때리는 매

꾸중 ― 꾸지람
아랫사람의 잘못을 꾸짖는 말

2 문장에 들어갈 낱말을 보기에서 찾아 쓰고, 낱말의 기본형을 써 보세요. 기본형은 낱말의 기본이 되는 형태를 말해요.

보기 상스럽게 상스러운 상스러워 기본형 상스럽다

⇨ 저잣거리에서 대낮에 오줌을 누는 것은 상스러운 짓이다.
⇨ 손으로 음식을 집어 먹으면 상스러워!
⇨ 상스럽게 욕하지 마세요.

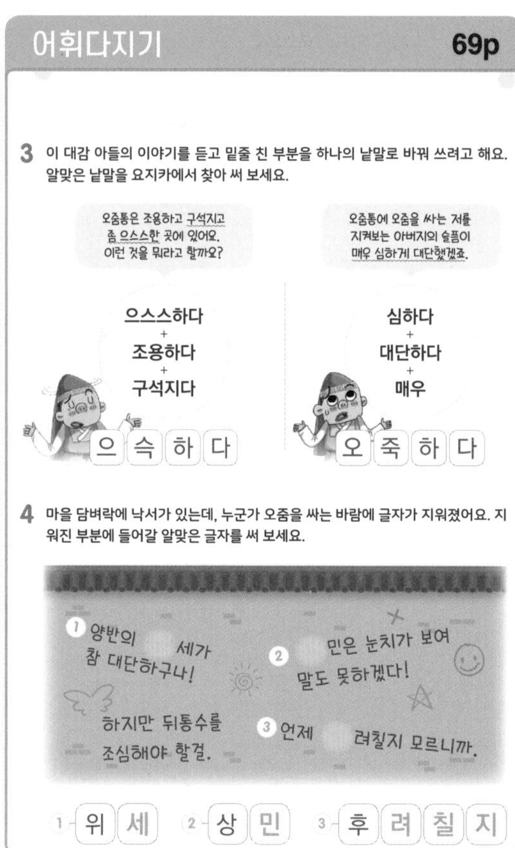

어휘다지기 69p

3 이 대감 아들의 이야기를 듣고 밑줄 친 부분을 하나의 낱말로 바꿔 쓰려고 해요. 알맞은 낱말을 요지카에서 찾아 써 보세요.

오줌통은 조용하고 구석지고 좀 으스스한 곳에 있어요. 이런 것을 뭐라고 할까요?

으스스하다 + 조용하다 + 구석지다

으슥하다

오줌통에 오줌을 싸는 저를 지켜보는 아버지의 슬픔이 매우 심하게 대단했겠죠.

심하다 + 대단하다 + 매우

오죽하다

4 마을 담벼락에 낙서가 있는데, 누군가 오줌을 싸는 바람에 글자가 지워졌어요. 지워진 부분에 들어갈 알맞은 글자를 써 보세요.

① 양반의 세가 참 대단하구나!
② 민은 눈치가 보여 말도 못하겠다!
하지만 뒤통수를 조심해야 할걸.
③ 언제 려칠지 모르니까.

1-위세 2-상민 3-후려칠지

해설

68~69p

요지카에서 다룬 어휘를 다시 한번 문제로 풀어보면서 어휘력을 기르는 활동입니다. 요지카를 보면서 문제를 풀 수 있도록 지도해 주세요.

준비하기 72p

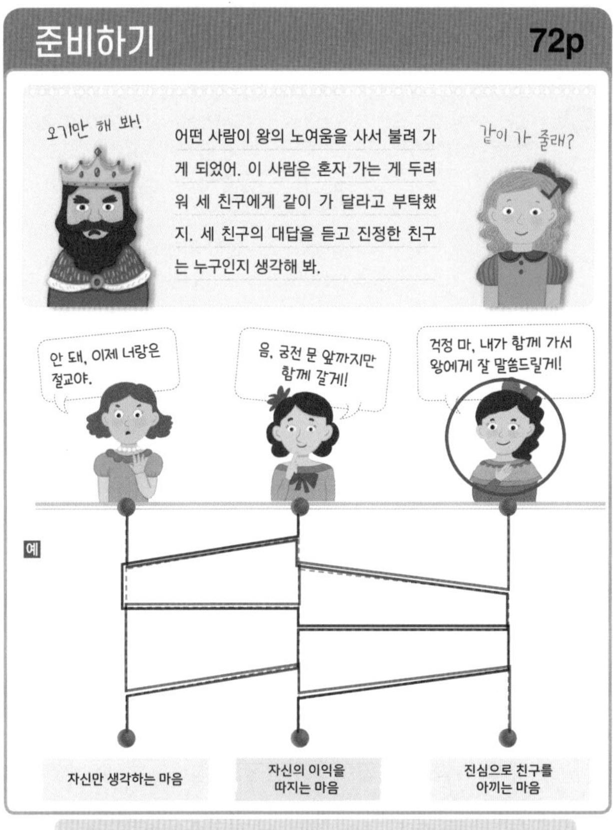

오기만 해 봐!
어떤 사람이 왕의 노여움을 사서 불려 가게 되었어. 이 사람은 혼자 가는 게 두려워 세 친구에게 같이 가 달라고 부탁했지. 세 친구의 대답을 듣고 진정한 친구는 누구인지 생각해 봐.
같이 가 줄래?
안 돼, 이제 너랑은 절교야.
음, 궁전 문 앞까지만 함께 갈게!
걱정 마, 내가 함께 가서 왕에게 잘 말씀드릴게!
예
자신만 생각하는 마음
자신의 이익을 따지는 마음
진심으로 친구를 아끼는 마음

+ 함께 가서 왕에게 친구를 위해 변호를 해주는 친구가 진정한 친구인 것 같습니다.

해설 72p

이기적인 마음과 이익을 따지는 마음, 온전히 배려하는 마음의 차이점을 살펴보는 활동입니다. 자신은 친구에게 어떤 마음으로 행동하는지도 생각해 보면 좋습니다.

요지카 낱말 등급 활동지 21~22p

낱말	등급	낱말	등급
갈팡질팡	★★★☆☆	딴판	★★★★☆
물정	★★★★☆	좀처럼	★★☆☆☆
단호하다	★★★★☆	풀이 죽다	★★★★★
재촉하다	★★★☆☆	감당하다	★★★☆☆
따분하다	★★☆☆☆	천만다행	★★★★☆

들어보기 74~84p

- ㄱㅍㅈㅍ

마음이 **갈팡질팡**해서 밤새 잠을 못 이루고 뒤척였어요.

- ㄸㅍ

아버지와 아들 사이지만 참 **딴판**이에요.

- ㅁㅈ

철없고 세상 **물정**을 모른다고 딱하게 여겼어요.

- ㅈㅊㄹ

고백하고 싶었는데 **좀처럼** 그런 기회를 잡지 못해서 끙끙대고 있었지요.

- ㄷㅎㅎㄷ(ㄷㅎㅎㄱ)

돈으로 이룰 수 없는 것도 많다면서 **단호하게** 거절했어요.

- ㅍㅇ ㅈㄷ(ㅍㅇ ㅈㅇ)

풀이 죽은 모습으로.

- ㅈㅊㅎㄷ(ㅈㅊㅎㄷㄴㅇ)

어머니를 기다리게 해서는 안 된다고 **재촉했다나요**.

- ㄱㄷㅎㄷ(ㄱㄷㅎ)

경찰도 여럿 나서서 교통정리를 했지만 **감당할** 수가 없었대요.

- ㄸㅂㅎㄷ(ㄸㅂㅎㅅ)

연극 구경이 **따분해서** 다른 재미있는 일이 생기면 좋겠다고 생각하고 있었어요.

- ㅊㅁㄷㅎ

경찰서장이 광장에 나오지 않은 것도 **천만다행**이었어요.

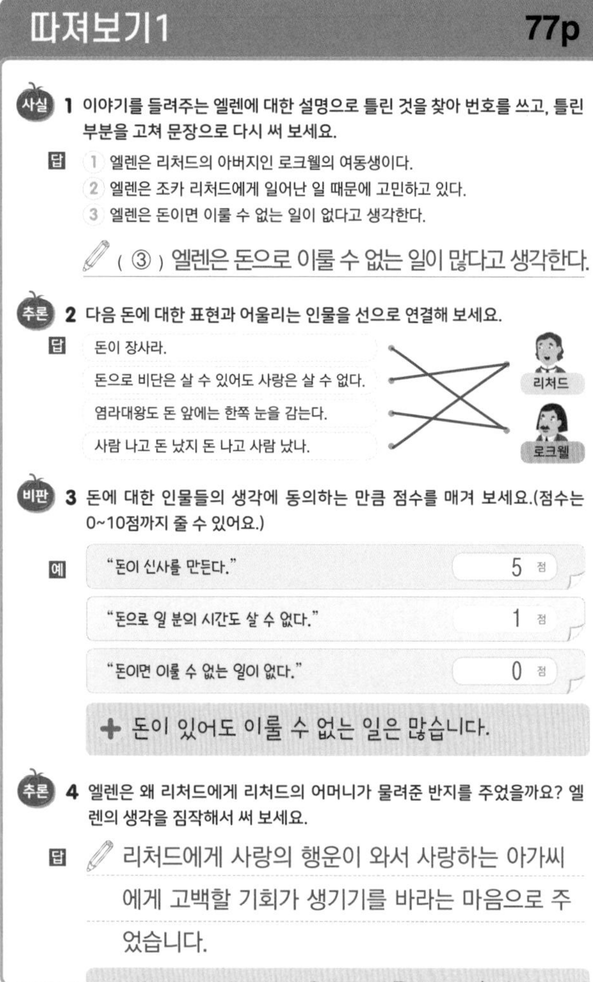

따져보기1 77p

사실 **1** 이야기를 들려주는 엘렌에 대한 설명으로 틀린 것을 찾아 번호를 쓰고, 틀린 부분을 고쳐 문장으로 다시 써 보세요.

답
1. 엘렌은 리처드의 아버지인 로크웰의 여동생이다.
2. 엘렌은 조카 리처드에게 일어난 일 때문에 고민하고 있다.
3. 엘렌은 돈이면 이룰 수 없는 일이 없다고 생각한다.

(③) 엘렌은 돈으로 이룰 수 없는 일이 많다고 생각한다.

추론 **2** 다음 돈에 대한 표현과 어울리는 인물을 선으로 연결해 보세요.

답
- 돈이 장사라.
- 돈으로 비단은 살 수 있어도 사랑은 살 수 없다.
- 염라대왕도 돈 앞에는 한쪽 눈을 감는다.
- 사람 나고 돈 났지 돈 나고 사람 났나.

비판 **3** 돈에 대한 인물들의 생각에 동의하는 만큼 점수를 매겨 보세요.(점수는 0~10점까지 줄 수 있어요.)

예
- "돈이 신사를 만든다." 5 점
- "돈으로 일 분의 시간도 살 수 없다." 1 점
- "돈이면 이룰 수 없는 일이 없다." 0 점

+ 돈이 있어도 이룰 수 없는 일은 많습니다.

추론 **4** 엘렌은 왜 리처드에게 리처드의 어머니가 물려준 반지를 주었을까요? 엘렌의 생각을 짐작해서 써 보세요.

답 리처드에게 사랑의 행운이 와서 사랑하는 아가씨에게 고백할 기회가 생기기를 바라는 마음으로 주었습니다.

+ 반지가 사랑의 행운을 가져다준다고 했습니다.

따져보기2 81p

추론 **1** 길이 막혀서 꼼짝 못 하게 되었을 때 리처드의 마음은 어땠을까요? 다음에서 골라 동그라미 치고, 그렇게 생각한 이유를 말해 보세요.

예 옳다구나 했다. / (미안하고 두려웠다.) / 화나고 불안했다.

+ 자신 때문에 약속 시간에 늦을까 봐 미안하고, 랜트리가 화를 낼까 봐 두려웠을 거 같습니다.

추론 **2** 엘렌은 사랑의 신이 마법을 부린 것 같다고 생각해요. 엘렌이 생각하는 마법은 무엇인지 모두 찾아 동그라미 쳐 보세요.

예
- 리처드가 반지를 떨어뜨려서 마차를 멈추고 찾으러 간 것. ◯
- 길이 막혀서 두 시간 동안 랜트리와 함께 있게 된 것. ◯
- 랜트리가 반지를 궁금해 했고 리처드의 매력을 알게 된 것. ◯

+ 모두 예상하지 못한 일이니 마법이라고 생각할 수 있습니다.

논리 **3** 리처드와 랜트리가 사랑에 빠진 게 사랑의 신의 마법 때문이라고 생각하나요? 자신의 생각을 이유와 함께 써 보세요.

예 사랑의 신의 마법이라고 생각합니다. 길이 막힐 수는 있지만 서로에 대한 좋은 감정이 생기는 것은 어려우니 마법 같은 일이 일어난 겁니다.

창의 **4** 만약 리처드처럼 십 분도 채 안 되는 시간이 주어진다면 어떻게 고백할 건가요? 랜트리의 마음을 사로잡을 만한 방법을 생각해서 써 보세요.

예 노래를 부를 겁니다. 진심을 담아 노래를 부르면 마음이 더 잘 전달된다고 생각합니다.

해설

77p

1. 이야기를 잘 이해하고 있는지 확인하는 사실적 질문입니다. 정확한 답을 찾고, 문장을 바르게 고쳐 썼는지 확인해 주세요.
2. 인물의 물질에 대한 가치관을 속담으로 확인해 보는 문제입니다. 각 속담의 뜻을 추론해서 어울리는 인물과 연결할 수 있도록 지도해 주세요.
3. 인물의 생각에 동의하는지 점수를 매겨 표현해 보는 활동입니다. 동의하는 만큼 점수를 매길 수 있으므로 정해진 답은 없습니다. 동의하는 이유를 구체적으로 말할 수 있으면 좋습니다.
4. 인물의 행동이 어떤 의도를 가지고 있는지 추론해 보는 활동입니다. 답과 비슷한 내용으로 서술했는지 확인해 주세요.

81p

1. 리처드의 마음을 추론해서 근거를 들어 설명해 보는 활동입니다. 세 가지 모두 답이 될 수 있으므로 무엇을 선택하든 합당한 이유를 들 수 있으면 답으로 인정해 주세요.
2. 마법의 의미를 해석해서 마법이라고 할 만한 게 무엇인지 근거를 들어 설명해 보는 활동입니다. 모두 답이 될 수 있으므로 무엇을 선택하든 합당한 이유를 들어 설명할 수 있도록 지도해 주세요.
3. 설득력 있는 근거를 들어 자신의 의견을 내세우는 문제입니다. 사랑의 신의 마법이라고 할 수 있는 근거가 논리적인지 살펴봐 주세요.
4. 다른 사람에게 마음을 표현할 수 있는 좋은 방법을 창의적으로 제시하는 활동입니다. 실제로 마음을 표현해 본 경험을 이야기해 보면서 마음을 표현할 때 중요한 게 무엇인지 짚고 넘어갈 수 있습니다.

따져보기3 83p

창의 **1** 엘렌은 리처드에게 일어난 일이 행운 같다고 해요. 자신이 경험했던 행운 같은 일은 무엇이 있는지 쓰고 이야기해 보세요.

예

4학년에 올라오면서 제일 친한 친구와 같은 반이 되었습니다.

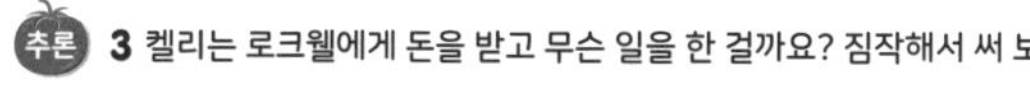

✚ 4학년이 11반이나 되는데 같은 반이 된 건 행운입니다.

사실 **2** 켈리가 돈을 준 사람들은 누구일까요? 알맞은 답을 찾아 동그라미 쳐 보세요.

답
- 로크웰 비누 회사 배달 차량을 모는 직원들. ( )
- 광장에서 길이 막힌 것을 구경하던 구경꾼들. ( )
- 길을 꽉 막았던 차량을 운전했던 사람들. (○)

추론 **3** 켈리는 로크웰에게 돈을 받고 무슨 일을 한 걸까요? 짐작해서 써 보세요.

답 일꾼들을 시켜서 길을 일부러 막았습니다. 리처드가 탄 마차가 움직이지 못하게 하려고요.

논리 **4** 리처드의 말대로 돈으로 일 분의 시간도 살 수 없다고 생각하나요? 자신의 생각에 동그라미 치고 이유를 써 보세요.

예 돈으로 시간을 ((살 수 있다), 살 수 없다, 모르겠다). 왜냐하면 돈이 많으면 대신 일을 할 사람을 구할 수도 있고, 빠른 교통 수단을 이용할 수도 있기 때문이다.

✚ 나 대신 다른 사람이 일해 준다면 시간이 남는 것이니 시간을 산 것과 같습니다.

따져보기4 85p

추론 **1** 켈리는 왜 길이 막힌 게 어떤 마법이 일어난 것 같다고 생각할까요? 이야기에서 찾아 써 보세요.

답 경찰서장이 나오지 않았고, 한 번도 연습하지 않았는데, 일꾼들이 제시간에 맞춰 움직였기 때문입니다.

논리 **2** 로크웰은 왜 켈리에게 일을 시킨 걸까요? 자신의 생각에 동그라미 쳐 보세요.

예
- 철없고 세상 물정 모르는 리처드를 깨우쳐 주고 싶었다. ( )
- 돈을 써서 문제를 해결할 수 있다는 걸 보여 주고 싶었다. ( )
- 리처드가 랜트리에게 고백할 수 있도록 도와주고 싶었다. (○)

✚ 아들인 리처드를 돕고 싶은 마음이 컸을 겁니다.

비판 **3** 로크웰이 켈리에게 시킨 일이 옳다고 생각하나요? 자신의 생각에 동그라미 치고 이유를 써 보세요.

예 로크웰이 켈리를 시켜서 사람들이 길을 막도록 만든 일은 (옳다, (옳지 않다)). 왜냐하면 길을 막으면 다른 사람이 불편할 수도 있고 경찰을 돈으로 매수하면 안 되기 때문이다.

추론 **4** 다음은 누구의 마법 때문일까요? 자신의 생각에 동그라미 치고 이유를 말해 보세요.

예

리처드가 반지를 떨어뜨린 일	재물의 신	(사랑의 신)

✚ 켈리의 계획에 없었으니 사랑의 신의 마법입니다.

길이 두 시간 막힌 일	재물의 신	(사랑의 신)

✚ 반지를 떨어뜨려서 시간이 정확하게 맞아 길이 막힌 것이니 사랑의 신의 마법입니다.

경찰서장이 광장에 나오지 않은 일	재물의 신	(사랑의 신)
일꾼들이 제시간에 맞춰 움직인 일	재물의 신	(사랑의 신)

✚ 연습하지 않았는데 일꾼들이 제시간을 맞춘 건 사랑의 신의 마법입니다.

해설

83p

1. 행운의 뜻을 이해해서 무엇을 행운이라고 할 수 있는지 경험을 이야기해 보는 활동입니다. 행운과 노력의 차이점을 알 수 있도록 왜 그러한 경험을 행운이라고 생각하는지 이유를 물어봐 주세요.
2. 이야기를 정확하게 이해하고 있는지 확인하는 사실적 질문입니다. 정확한 답을 찾을 수 있는지 살펴봐 주세요.
3. 로크웰이 켈리에게 시킨 일이 무엇인지 추론해서 정확하게 문장으로 표현해 보는 활동입니다. 답과 비슷한 내용을 썼는지 확인해 주세요.
4. 돈으로 시간을 살 수 있는지 없는지 근거를 들어 주장하는 활동입니다. 구체적인 예를 들어 주장을 뒷받침할 수 있도록 지도해 주세요.

85p

1. 인물의 생각을 확인해 보는 문제입니다. 이야기를 바탕으로 켈리가 생각하는 마법 같은 일이 무엇인지 정확하게 쓸 수 있도록 지도해 주세요.
2. 인물의 행동이 어떤 의도를 가지고 있는지 근거를 들어 설득하는 문제입니다. 세 가지 모두 답이 될 수 있으므로 근거가 타당성이 있는지 들어봐 주세요.
3. 등장인물의 행동이 옳은지 비판적으로 따져보는 활동입니다. 구체적이고 자세하게 어떤 점이 옳고 그른지 쓸 수 있도록 지도해 주세요.
4. 여러 상황을 어떻게 해석할 수 있는지 추론해 보는 활동입니다. 정해진 답은 없습니다. 다만 자신의 생각을 뒷받침하는 타당성 있는 설명을 덧붙일 수 있도록 왜 그렇게 생각하는지 이유를 물어봐 주세요.

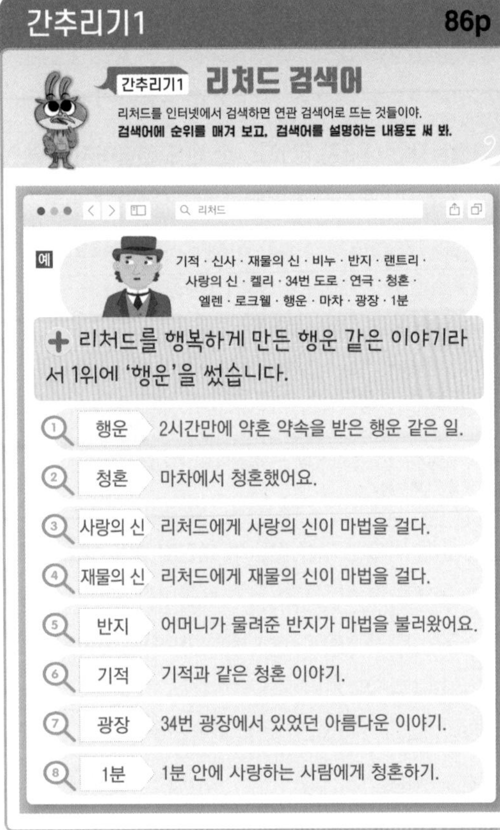

해설

86p

이야기의 중심 낱말을 익히는 문제입니다. 중심 낱말의 순위를 매기고 관련된 내용을 문장으로 쓰면서 이야기를 요약해 볼 수 있습니다.

87p

사건에 어울리는 중심 낱말을 찾는 활동입니다. 문장으로 설명하는 글을 써도 되고, 해시태그를 붙여서 중심 낱말을 여러 개 나열해도 좋습니다. 그림과 낱말이 어울리는지 살펴봐 주세요.

+ 경찰서장이 광장에 나오지 않은 것은 사랑의 신의 마법인 것 같습니다.

짚어보기2 89p

짚어보기2 **약혼은 어떻게**

리처드와 로크웰은 약혼하는 데 도움을 준 게 무엇인지 생각해 보았대.
이들은 누가 어떤 도움을 주었다고 생각할까? 빈칸에 써 봐.

예

내가 약혼할 수 있었던 건…

아들 리처드가 약혼할 수 있었던 건…

고모 엘렌	도움을 준 사람	켈리
어머니가 물려준 반지	도움이 된 물건	돈
십 분도 안 되는 시간	도움이 된 시간	두 시간
반지를 떨어뜨린 사건	도움이 된 사건	광장 도로가 막힌 사건
사랑의 신	도움을 준 신	재물의 신

88p

인물의 말과 행동에서 특징을 파악하고, 물질적인 가치를 추구하는지 정신적인 가치를 추구하는지 따져보는 활동입니다. 판단의 근거를 들 수 있도록 지도해 주세요.

89p

두 인물이 같은 사건을 어떤 관점에서 바라보는지 비교해 보는 활동입니다. 두 인물의 생각의 차이를 잘 이해하고 있는지 살펴봐 주세요.

짚어보기3 90p

짚어보기3 켈리의 계획
리처드가 시간을 벌도록 켈리가 세운 작전이야.
빈 곳에 들어갈 내용을 써서 완성해 봐.
예
켈리, 리처드에게 시간을 벌어 줄 수 있겠나? 돈은 얼마든지 들어도 좋아!
극장으로 가는 길을 꽉 막으면 되지요! 계획은 다음과 같습니다.
돈파서블 작전 계획
리처드가 탄 마차가 지나갈 34번 도로 광장을 꽉 막히게 만들어서 리처드와 랜트리가 마차에서 시간을 보내게 만든다.
방법과 수단
① 일꾼들이 정확한 시간에 광장 도로에 차를 끌고 온다.
② 리처드의 마차가 움직이지 못하게 앞뒤 양옆을 막고 움직이지 않는다.
작전에 드는 비용 : (칠천)달러
주의 사항
① 연습해 본 적이 없으니 정확한 시간을 꼭 지켜야 한다.
② 경찰서장이 나오면 일을 망칠 수 있다.

짚어보기4 91p

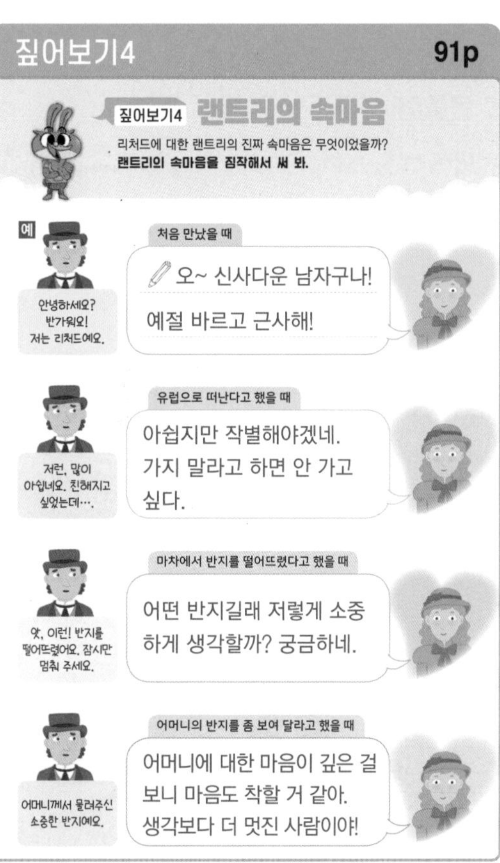

짚어보기4 랜트리의 속마음
리처드에 대한 랜트리의 진짜 속마음은 무엇이었을까?
랜트리의 속마음을 짐작해서 써 봐.
예
처음 만났을 때
안녕하세요? 반가워요! 저는 리처드예요.
오~ 신사다운 남자구나! 예절 바르고 근사해!
유럽으로 떠난다고 했을 때
저런, 많이 아쉽네요. 친해지고 싶었는데….
아쉽지만 작별해야겠네. 가지 말라고 하면 안 가고 싶다.
마차에서 반지를 떨어뜨렸다고 했을 때
앗, 이런! 반지를 떨어뜨렸어요. 잠시만 멈춰 주세요.
어떤 반지길래 저렇게 소중하게 생각할까? 궁금하네.
어머니의 반지를 좀 보여 달라고 했을 때
어머니께서 물려주신 소중한 반지예요.
어머니에 대한 마음이 깊은 걸 보니 마음도 착할 거 같아. 생각보다 더 멋진 사람이야!

해설

90p

광장 도로를 어떻게 막았는지 구체적인 방법을 생각해 보는 창의적 활동입니다. 주의 사항에 걱정되는 점이나 작전의 허술한 점 등 다양한 내용을 적을 수 있습니다.

91p

랜트리의 마음을 짐작해서 글로 표현해 보는 활동입니다. 어떤 근거로 짐작했는지 쓴 글을 함께 읽으며 이야기해 보세요.

짚어보기5 92p

짚어보기5 사랑과 재물
사랑의 신과 재물의 신이 리처드의 약혼이 자기 덕분이라고 다투다가 투표로 가리기로 했어. 사람마다 무엇을 선택할지 스티커를 붙이고 그 까닭을 말해 봐.
우리끼리 따져 봐야 소용없으니까, 사람들에게 물어보자고. 혹시 표가 절반씩 나올지도 모르니까 가리사니 님도 투표하세요.
예
리처드
켈리
로크월
랜트리
리처드 어머니
엘렌
○○○
가리사니

✚ 리처드에게 온 행운은 재물과 사랑의 신의 마법 둘 다 작용한 것 같습니다. 리처드가 반지를 떨어뜨린 것은 재물의 신이 준 마법이라고 볼 수 없기 때문입니다.

보고하기 93p

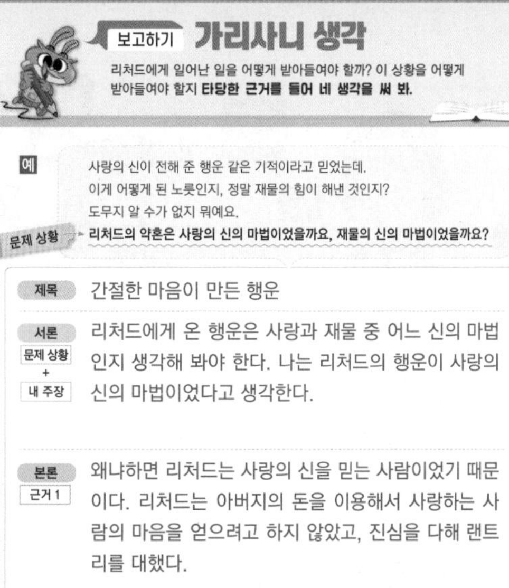

제목	간절한 마음이 만든 행운
서론 (문제 상황 + 내 주장)	리처드에게 온 행운은 사랑과 재물 중 어느 신의 마법인지 생각해 봐야 한다. 나는 리처드의 행운이 사랑의 신의 마법이었다고 생각한다.
본론 근거 1	왜냐하면 리처드는 사랑의 신을 믿는 사람이었기 때문이다. 리처드는 아버지의 돈을 이용해서 사랑하는 사람의 마음을 얻으려고 하지 않았고, 진심을 다해 랜트리를 대했다.
근거 2	또한 리처드가 반지를 떨어뜨린 것은 우연이었고, 재물의 신의 힘이 아니었다. 만약 리처드가 반지를 떨어뜨리지 않았다면 광장에 도착하는 시간이 지체되지 않아서 도로가 막히지 않았을 거다.
결론 (요약 + 강조)	그러므로 리처드의 행운은 사랑의 신의 마법이라고 생각한다. 사랑의 힘을 믿은 리처드의 간절한 마음이 만들어낸 마법이다.

92p

행운을 어떤 관점에서 바라볼 수 있는지 인물들의 시선에서 다각도로 분석해 보는 활동입니다. 자신의 생각에 합당한 이유를 들어서 설명할 수 있도록 지도해 주세요.

93p

주어진 주제에 타당한 근거를 들어 한 편의 완성된 논술문을 쓰는 활동입니다. 근거는 중심 문장과 뒷받침 문장으로 쓸 수 있도록 지도해 주세요. 뒷받침 문장은 중심 내용을 부연 설명하거나 예시를 들면 됩니다.

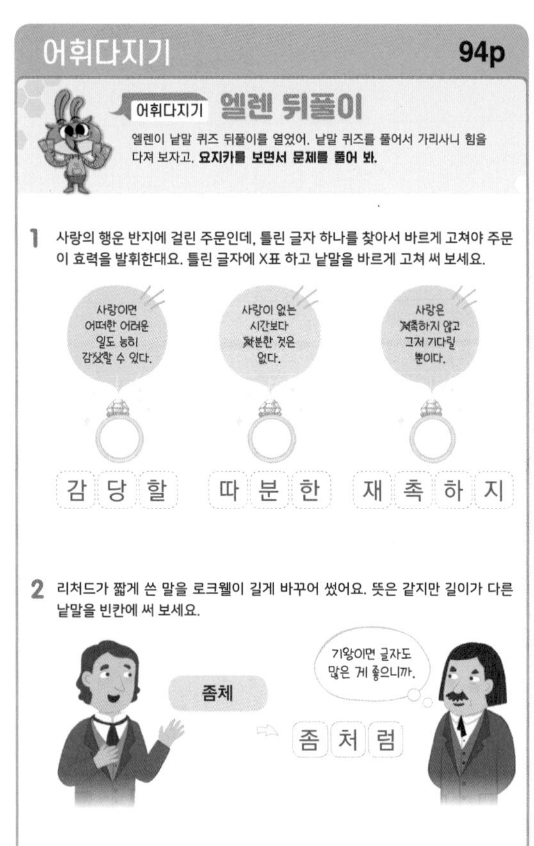

어휘다지기 94p

어휘다지기 엘렌 뒤풀이

엘렌이 낱말 퀴즈 뒤풀이를 열었어. 낱말 퀴즈를 풀어서 가리사니 힘을 다져 보자고. **요지카를 보면서 문제를 풀어 봐.**

1 사랑의 행운 반지에 걸린 주문인데, 틀린 글자 하나를 찾아서 바르게 고쳐야 주문이 효력을 발휘한대요. 틀린 글자에 X표 하고 낱말을 바르게 고쳐 써 보세요.

사랑이면 어떠한 어려운 일도 능히 감상할 수 있다.
사랑이 없는 시간보다 차분한 것은 없다.
사랑은 저촉하지 않고 그저 기다릴 뿐이다.

감 당 할 / 따 분 한 / 재 촉 하 지

2 리처드가 짧게 쓴 말을 로크웰이 길게 바꾸어 썼어요. 뜻은 같지만 길이가 다른 낱말을 빈칸에 써 보세요.

좀체
기왕이면 글자도 많은 게 좋으니까.

좀 처 럼

어휘다지기 95p

3 다음은 로크웰이 아들 리처드를 두고 한 말이에요. 빈칸에 들어갈 두 글자를 힌트를 보고 알아맞혀 보세요. 힌트의 빈칸에 모두 들어가는 한 글자예요.

힌트 물건 물질 물가 / 표정 사정 인정
리처드는 철없고 세상 물 정 을 몰라!
내 아들이지만 나하고는 아주 딴 판 이야.
힌트 딴짓 딴청 딴죽 / 심판 살판 끝판

4 다음은 마차에서 랜트리와 두 시간 동안 갇혀 있을 때, 리처드가 냈던 수수께끼예요. 수수께끼의 답을 빈칸에 써 보세요.

돈을 아주 헤프게 마구 쓰면 팡팡, 어찌 쓸 줄 모르고 헤매면?
천 원, 만 원, 오만 원 지폐가 든 지갑을 잃어버렸다가 다시 찾았는데 오만 원짜리는 사라지고 천 원, 만 원짜리는 그대로 남아 있으면?

갈 팡 질 팡

천 만 다 행

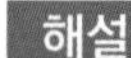

해설

94~95p

요지카에서 다룬 어휘를 다시 한번 문제로 풀어보면서 어휘력을 기르는 활동입니다. 요지카를 보면서 문제를 풀 수 있도록 지도해 주세요.

4장 호랑이보다 무서운 것

준비하기 98p

붕어빵
3개를 사면 1000원,
1개를 사면 300원.
어, 1개를 사면
더 싸네.
3개를 더 싸게
살 수도 있겠네.
1000 원
300 원
예
3개가 1000원이면
1개는 300원보다
더 비싸게 값을
받아야 해요.
1000원어치씩 사 먹기도
어려워서 1개씩 사 가는
이웃도 있단다. 그래서 1개
값을 더 싸게 한 거야.
음, 1개에 300원씩
세 번 나눠 사야지
그러면 900원으로
3개를 살 수 있어!
○

✚ 어려운 이웃을 생각하고 배려하는 행동이니까 붕어빵 아저씨 말이 맞아요.

해설 98p

공동체가 함께 잘 살기 위한 방법은 무엇인지 고민해 보는 활동입니다. 붕어빵 가격을 정할 때 어려운 이웃의 형편까지 고려해야 하는지 생각을 물어봐 주시고, 자신이 붕어빵을 판다면 어떻게 가격을 정할지 생각해 보도록 지도해 주세요.

요지카 낱말 등급 활동지 23~24p

산기슭	★★☆☆☆	뜻밖	★★☆☆☆
섬	★★★☆☆	그럭저럭	★★★☆☆
짬짜미	★★★★★	하필	★★★☆☆
절반	★★☆☆☆	모질다	★★☆☆☆
수확하다	★★★☆☆	가늠하다	★★★★☆

들어보기 100~110p

● ㅅㄱㅅ

그때 **산기슭**에서 여인의 울음소리가 막 들리는 거예요.

● ㄸㅂ

아주머니는 한숨을 길게 내쉬고는 **뜻밖**의 대답을 했어요.

● ㅅ

한 해 10**섬**을 거두는 논인데 논 주인이 반을 가져가고 나머지 반을 저희가 받았어요

● ㄱㄹㅈㄹ

일 년 동안 먹고살기에는 좀 모자랐지만 **그럭저럭** 견딜 수 있었어요.

● ㅉㅉㅁ

우리 걸 뺏기로 서로 **짬짜미**를 한 것 같았어요.

● ㅎㅍ

하필 그 이듬해 흉년이 들지 뭐예요.

● ㅈㅂ

가을에 논에서 거둔 쌀이 겨우 지난해 **절반**밖에 되지 않았어요.

● ㅁㅈㄷ(ㅁㅈㄱ)

백성을 다스리는 것이 **모질고** 사나우면 호랑이보다 무섭기 마련이다.

● ㅅㅎㅎㄷ(ㅅㅎㅎ)

수확한 것이 5섬이면 3섬을 가져가야 합니다.

● ㄱㄴㅎㄷ(ㄱㄴㅎㅇ)

흉년이라는 것도 **가늠해야** 맞는 셈이지요.

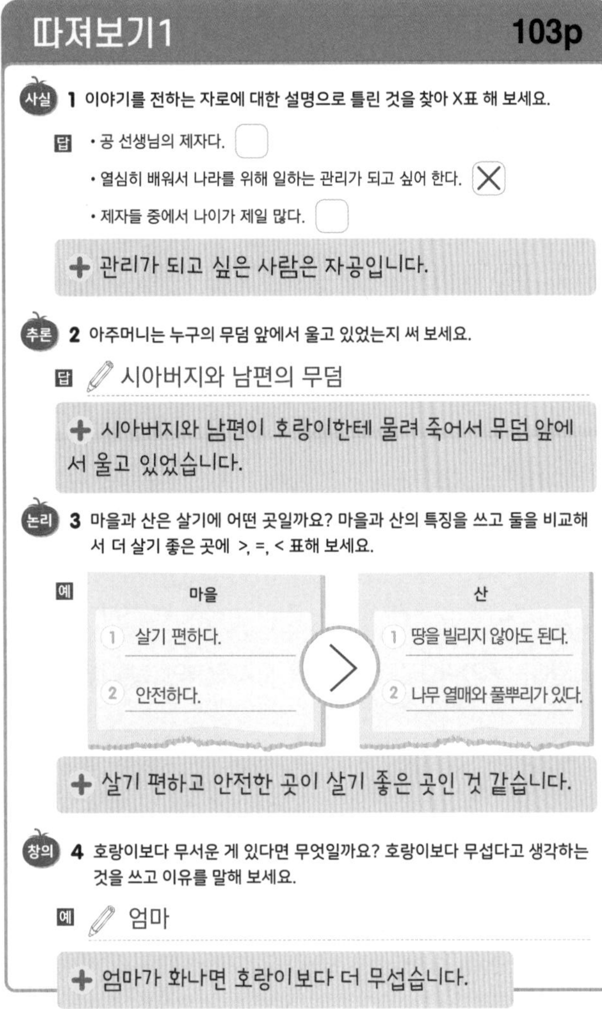

따져보기1 103p

사실 **1** 이야기를 전하는 자로에 대한 설명으로 틀린 것을 찾아 X표 해 보세요.

답 • 공 선생님의 제자다. ☐
• 열심히 배워서 나라를 위해 일하는 관리가 되고 싶어 한다. ☒
• 제자들 중에서 나이가 제일 많다. ☐

✚ 관리가 되고 싶은 사람은 자공입니다.

추론 **2** 아주머니는 누구의 무덤 앞에서 울고 있었는지 써 보세요.

답 시아버지와 남편의 무덤

✚ 시아버지와 남편이 호랑이한테 물려 죽어서 무덤 앞에서 울고 있었습니다.

논리 **3** 마을과 산은 살기에 어떤 곳일까요? 마을과 산의 특징을 쓰고 둘을 비교해서 더 살기 좋은 곳에 >, =, < 표해 보세요.

예

마을		산
1 살기 편하다.	>	1 땅을 빌리지 않아도 된다.
2 안전하다.		2 나무 열매와 풀뿌리가 있다.

✚ 살기 편하고 안전한 곳이 살기 좋은 곳인 것 같습니다.

창의 **4** 호랑이보다 무서운 게 있다면 무엇일까요? 호랑이보다 무섭다고 생각하는 것을 쓰고 이유를 말해 보세요.

예 엄마

✚ 엄마가 화나면 호랑이보다 더 무섭습니다.

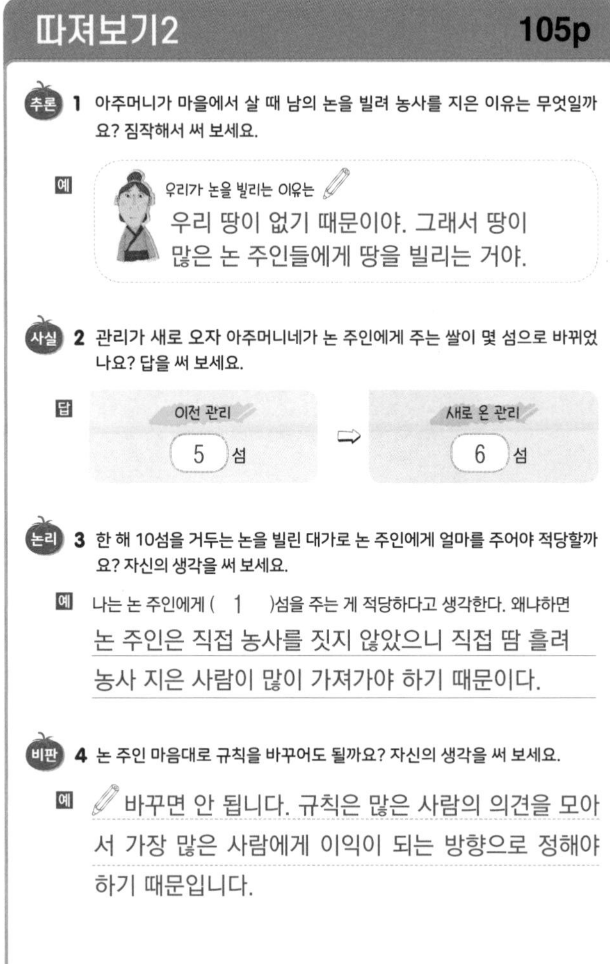

따져보기2 105p

추론 **1** 아주머니가 마을에서 살 때 남의 논을 빌려 농사를 지은 이유는 무엇일까요? 짐작해서 써 보세요.

예 우리가 논을 빌리는 이유는
우리 땅이 없기 때문이야. 그래서 땅이 많은 논 주인들에게 땅을 빌리는 거야.

사실 **2** 관리가 새로 오자 아주머니네가 논 주인에게 주는 쌀이 몇 섬으로 바뀌었나요? 답을 써 보세요.

답 이전 관리 5 섬 ⇨ 새로 온 관리 6 섬

논리 **3** 한 해 10섬을 거두는 논을 빌린 대가로 논 주인에게 얼마를 주어야 적당할까요? 자신의 생각을 써 보세요.

예 나는 논 주인에게 (1)섬을 주는 게 적당하다고 생각한다. 왜냐하면 논 주인은 직접 농사를 짓지 않았으니 직접 땀 흘려 농사 지은 사람이 많이 가져가야 하기 때문이다.

비판 **4** 논 주인 마음대로 규칙을 바꾸어도 될까요? 자신의 생각을 써 보세요.

예 바꾸면 안 됩니다. 규칙은 많은 사람의 의견을 모아서 가장 많은 사람에게 이익이 되는 방향으로 정해야 하기 때문입니다.

해설

103p

1. 이야기를 잘 이해하고 있는지 확인하는 사실적 질문입니다. 이야기의 서술자 자로에 대한 설명이 아닌 것을 정확하게 찾을 수 있는지 확인해 주세요.

2. 아주머니가 누구의 무덤에서 울고 있는지 이야기를 통해 추론해 내는 활동입니다. 정확한 답을 찾았는지 살펴봐 주세요.

3. 배경지식을 바탕으로 마을과 산의 특징을 구분지어 써 보고, 마을과 산 중에서 살기 좋은 곳이 어디인지 의견을 제시할 수 있도록 지도해 주세요.

4. 무서운 것을 호랑이와 비교해 보면서 등장인물의 마음을 느껴볼 수 있습니다. 정해진 답이 없으므로 자유롭게 의견을 표현할 수 있으면 좋습니다.

105p

1. 아주머니네가 논을 빌리는 이유는 이야기에 직접 명시되어 있지 않습니다. 맥락적 의미를 통해 충분히 추론해 낼 수 있는지 살펴봐 주세요.

2. 세금으로 내는 쌀이 몇 섬으로 바뀌었는지 정확하게 답을 썼는지 확인해 주세요.

3. 세금을 얼마나 내야 하는지 판단의 기준을 어떻게 정할지 고민해 보는 문제입니다. 설득력 있는 근거를 제시했다면 모두 답이 될 수 있습니다.

4. 대부분 규칙은 마음대로 바꾸면 안 된다고 생각할 수 있으므로, 왜 주인이 마음대로 바꾸면 안 되는지 이유를 들어 설명할 수 있도록 지도해 주세요.

따져보기3 109p

추론 1 이듬해 흉년이 들어 아주머니네가 거두어들인 쌀이 절반밖에 되지 않았다고 해요. 흉년은 무엇을 뜻하는지 짐작해서 써 보세요.

답 흉년은 농사가 잘되지 않는 것을 뜻합니다. 쌀이 절반밖에 되지 않았다면 농사를 망친 것이기 때문입니다.

비판 2 다음은 '짬짜미'로 검색했을 때 인터넷에 올라온 기사 제목들입니다. 짬짜미로 검색해서 기사를 몇 개 읽어 본 후, 짬짜미가 사회에 문제가 되는 이유를 말해 보세요.

예

시소신문 20△△. △△. △△ 진짜진짜 뉴스

○○대학, 짬짜미 부당 채용, 연구비 제멋대로 사용
○○제철 · ○○제강 · ○○스틸 등 고철값 무더기 짬짜미 … 과징금 3000억 부과
○글, 한국의 통신 · 제조사와도 짬짜미 수익 공유
국가 백신 사업 입찰서 짬짜미… 도매상 징역형 집행 유예
청와대 "부동산 가격 왜곡 · 짬짜미 철저히 조사"

짬짜미는 사회에 심각한 문제를 일으켜.

+ 가격이 올라서 많은 사람들이 손해를 보게 됩니다.
+ 부당하게 이익을 챙기는 사람이 생깁니다.

창의 3 아주머니 이야기를 고사성어로 나타냈는데 '가정맹어호'라고 해요. 한자를 따라 쓴 다음, 가혹한 정치는 어떤 것인지 이야기해 보세요.

예 **가정맹어호** 가혹한 정치는 호랑이보다 무섭다.

苛	政	猛	於	虎
가혹할 가	정사 정	사나울 맹	어조사 어	호랑이 호

가혹한 정치는…

+ 가혹한 정치는 나쁜 정치를 뜻하는 것 같습니다. 예를 들어 검사가 뇌물을 받고 봐주기 수사를 한 것입니다.

따져보기4 111p

추론 1 공 선생님의 질문에 대한 답이 제자들마다 달랐어요. 이렇게 저마다 생각이 다른 이유는 무엇인지 써 보세요.

예 중요하게 생각하는 기준이 다르기 때문입니다.

+ 원칙을 중요하게 여길 수도 있고, 아주머니네 딱한 사정을 중요하게 여길 수도 있습니다.

논리 2 제자들 중에서 누구의 생각이 맞는 것 같나요? 동그라미 치고 이유를 써 보세요.

예 나는 (산학 , (자인), 자로 , 혜지)(이)가 맞다고 생각한다.

왜냐하면 흉년이 들어서 더 살기 어려워진 아주머니네를 먼저 배려해야 하기 때문이다.

+ 아주머니네가 살아남지 못하면 다음 해에 농사를 지을 수 있는 사람들이 사라지니 결국 논 주인에게도 손해입니다.

사실 3 공 선생님이 정치를 뭐라고 설명했는지 빈칸에 알맞은 낱말 스티커를 붙이고, 이 중에서 무엇이 가장 중요하다고 생각하는지 말해 보세요.

답 정치는 [식량]이 풍부하고, [병사]들이 나라를 잘 지키고, 백성들의 [신뢰]를 받는 것이다.

+ 식량이 가장 중요한 것 같습니다. 옛말에도 백성은 밥을 하늘로 삼는다고 했습니다. 식량이 없으면 백성들은 살기 어렵습니다.

창의 4 공 선생님은 백성들의 신뢰가 없으면 나라가 설 수 없다고 해요. 흉년이 들었을 때, 백성들의 신뢰를 잃지 않으려면 어떻게 해야 할지 좋은 방법을 써 보세요.

예 백성들이 굶어 죽지 않도록 식량을 나눠주고, 세금을 줄여야 합니다.

해설

109p

1. 흉년이 무엇인지 낱말의 뜻을 맥락적 의미를 통해 추론해 내는 문제입니다. 짐작한 뜻을 정확하게 문장으로 쓸 수 있는지 살펴봐 주세요.
2. 짬짜미와 관련된 기사를 읽으며, 짬짜미의 뜻을 정확히 이해하고, 더불어 짬짜미가 사회에 미치는 악영향을 비판해 보는 활동입니다. 인터넷을 검색해서 기사를 몇 개 읽어 본 후 생각을 말할 수 있도록 지도해 주세요.
3. 고사성어 가정맹어호로 전해지는 이야기를 통해 가혹한 정치가 무엇인지 생각해 보는 활동입니다. 뉴스나 매체에 자주 나오는 정치 관련 소식에 관심을 가질 수 있는 계기가 될 수 있습니다.

111p

1. 제자들의 의견이 다른 이유를 맥락적 의미를 통해 추론해 내는 문제입니다. 정해진 답은 없지만 예와 비슷한 내용을 쓰면 좋습니다. 설득력 있는 내용을 답으로 제시했는지 살펴봐 주세요.
2. 어떤 인물의 의견에 동의하는지 이유를 들어 설명하는 문제입니다. 정해진 답이 없으므로, 동의하는 이유를 논리적으로 잘 제시했는지 살펴봐 주세요.
3. 이야기에 나온 정치의 의미를 중심 낱말로 정리하고, 정치에서 중요한 게 무엇인지 의견을 말해 보는 활동입니다. 세 가지 조건 외에 중요하다고 생각하는 게 있다면 무엇인지 말해 보면서 생각을 확장시킬 수 있습니다.
4. 문제를 해결하기 위해 다양한 방법을 제시해 보는 활동입니다. 제시한 해결책이 왜 좋은 방법인지 더 말해 볼 수 있도록 지도해 주세요.

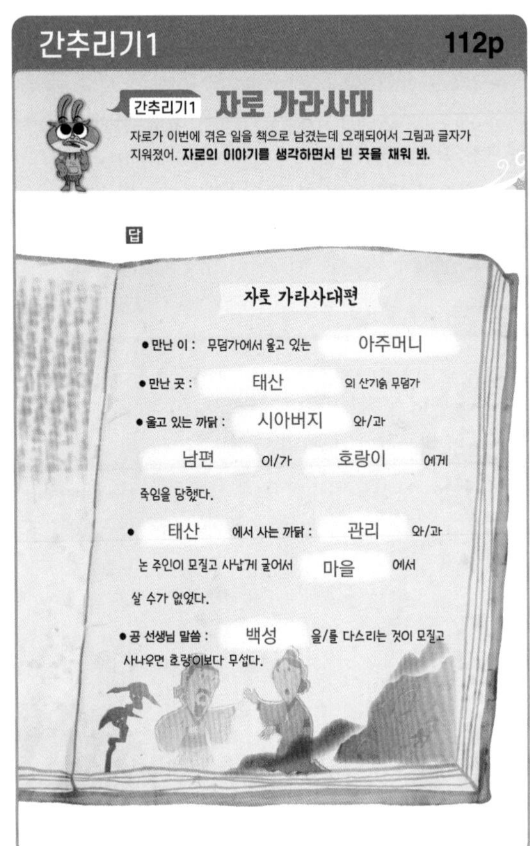

간추리기1 112p
간추리기1 자로 가라사대
자로가 이번에 겪은 일을 책으로 남겼는데 오래되어서 그림과 글자가 지워졌어. 자로의 이야기를 생각하면서 빈 곳을 채워 봐.
답
자로 가라사대편
● 만난 이 : 무덤가에서 울고 있는 아주머니
● 만난 곳 : 태산 의 산기슭 무덤가
● 울고 있는 까닭 : 시아버지 와/과 남편 이/가 호랑이 에게 죽임을 당했다.
● 태산 에서 사는 까닭 : 관리 와/과 논 주인이 모질고 사납게 굴어서 마을 에서 살 수가 없었다.
● 공 선생님 말씀 : 백성 을/를 다스리는 것이 모질고 사나우면 호랑이보다 무섭다.

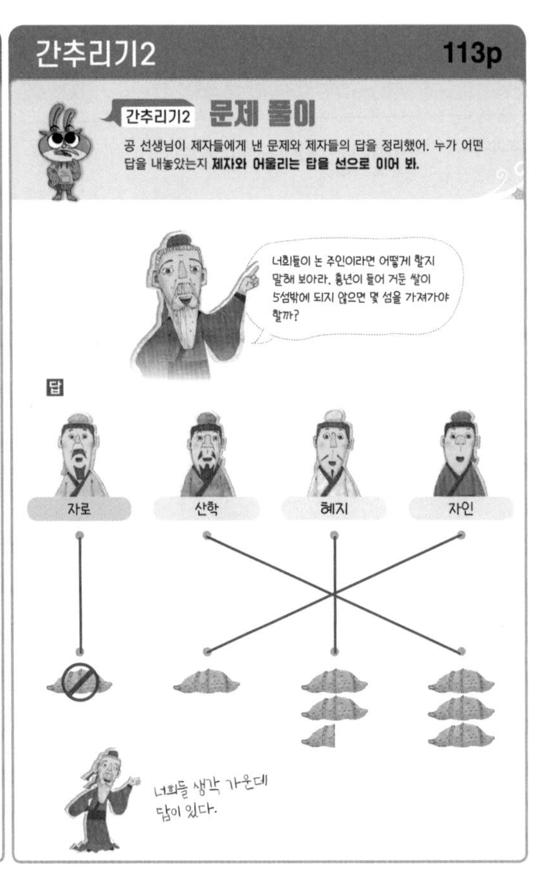

간추리기2 113p
간추리기2 문제 풀이
공 선생님이 제자들에게 낸 문제와 제자들의 답을 정리했어. 누가 어떤 답을 내놓았는지 제자와 어울리는 답을 선으로 이어 봐.
너희들이 논 주인이라면 어떻게 할지 말해 보아라. 흉년이 들어 거둔 쌀이 5섬밖에 되지 않으면 몇 섬을 가져가야 할까?
답
자로
산학
혜지
자인
너희들 생각 가운데 답이 있다.

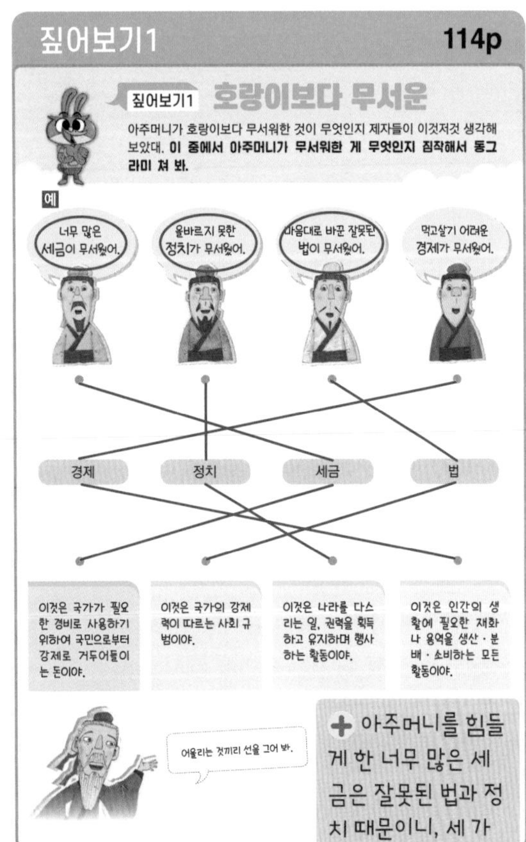

짚어보기1 114p
짚어보기1 호랑이보다 무서운
아주머니가 호랑이보다 무서워한 것이 무엇인지 제자들이 이것저것 생각해 보았대. 이 중에서 아주머니가 무서워한 게 무엇인지 짐작해서 동그라미 쳐 봐.
예
너무 많은 세금이 무서웠어.
올바르지 못한 정치가 무서웠어.
마음대로 바꾼 잘못된 법이 무서웠어.
먹고살기 어려운 경제가 무서웠어.
경제
정치
세금
법
이것은 국가가 필요한 경비로 사용하기 위하여 국민으로부터 강제로 거두어들이는 돈이야.
이것은 국가의 강제력이 따르는 사회 규범이야.
이것은 나라를 다스리는 일, 권력을 획득하고 유지하며 행사하는 활동이야.
이것은 인간의 생활에 필요한 재화나 용역을 생산·분배·소비하는 모든 활동이야.
어울리는 것끼리 선을 그어 봐.
+ 아주머니를 힘들게 한 너무 많은 세금은 잘못된 법과 정치 때문이니, 세 가지 모두 답이 됩니다.

짚어보기2 115p
짚어보기2 아주머니의 요구
아주머니네는 산으로 가기 전에 관리와 논 주인에게 시위했대. 이들이 무엇을 요구하며 목소리를 높였을지 글과 그림으로 표현해 봐.
논 주인이 정하면 그게 규칙
내가 논 주인이니 내 맘대로
예
우리도 먹고살 수 있도록 쌀을 조금만 가져가라!
시아버지
못살겠다! 배고프다! 호랑이보다 세금이 더 무섭다!
아주머니
일 년 열두 달 일해도 배부르게 못 먹는다니 이게 나라냐!
남편

해설

112p

이야기를 중심 낱말로 정리해 보는 활동입니다. 문장에 알맞은 중심 낱말을 쓰면서 내용을 간추려 보고 문장력도 기를 수 있습니다.

113p

제자들의 생각을 다시 확인해 보고 논 주인에게 주어야 하는 정당한 세금은 얼마인지 이야기의 핵심 주제를 따져 보는 활동입니다. 정확한 답을 찾았는지 살펴봐 주세요.

114p

이야기에 등장하지는 않지만 핵심 주제와 관련 있는 중심 낱말을 익히고 논제를 파악해 보는 활동입니다. 논제를 스스로 찾을 수 있도록 제시된 활동을 차근차근 수행해 보면 좋습니다.

115p

등장인물이 되어서 논 주인과 관리에게 요구 사항을 전해 보는 활동입니다. 그림이나 낙서로도 표현할 수 있으니 다양한 내용을 창의적으로 전달할 수 있도록 지도해 주세요.

짚어보기3 116p
짚어보기3 누구 탓
아주머니가 이렇게 된 건 다 누구 때문일까?
누구 탓이라고 생각하는지 동그라미 치고 그 까닭을 써 봐.
예
호랑이
아주머니
관리
논 주인
아주머니 남편
(관리와 논 주인) 탓이다.
서로 짬짜미를
해서 세금을 올렸기
때문이다.
이게 다…!

짚어보기4 117p
짚어보기4 풍년에는 얼마
만약 풍년이 들어 20섬을 거둔다면 쌀을 어떻게 나누어야 할까?
각자의 몫이라고 생각하는 만큼 쌀섬에 동그라미 쳐 봐.
풍년이 들어 쌀 20섬을 거둔다면 세금은…?
풍년이라 20섬!
예
내가 농사짓지 않았어도…
관리
내가 빌려준 논이니까…
논 주인
내가 농사 지었는데…

+ 직접 농사를 지은 아주머니가 가장 많이 가져가야 하고, 논 주인과 관리는 빌려준 대가만큼만 가져가야 합니다.

해설

116p

이야기에 제시된 문제의 원인을 따져보는 활동입니다. 사회 문제의 책임을 누가 져야 할지 의견을 제시할 수 있습니다.

117p

흉년에 세금을 얼마나 거두어야 적당한지에 대한 고민을 풍년에는 세금을 얼마나 거두어야 적당한지로 확장시켜 생각해 봅니다. 세금의 기준을 어디에 두어야 할지 설득력 있는 의견을 제시할 수 있습니다.

짚어보기5 118p

짚어보기5 같은 생각

등장인물들은 논 주인이 쌀을 얼마나 가져가야 한다고 생각할까?
이들의 생각을 짐작해서 쓰고, **이들과 비슷한 생각을 한 제자가 있다면 선을 그어 봐.**

예

- 3 섬
- 3 섬
- 0 섬
- 0 섬
- 내 생각은 0 섬

1섬도 안 돼!
3섬
2섬 반
1섬

+ 공 선생님도 백성의 신뢰가 가장 중요하다고 했으니까 논 주인이 쌀을 가져가면 안 된다고 생각했을 거 같습니다.

보고하기 119p

보고하기 가리사니 생각

자로가 어려워하는 문제에 어떻게 답을 해줘야 할까?
자로의 질문에 **타당한 근거를 들어 네 생각을 써 봐.**

문제 상황 1 정치와 논 주인에게 주는 쌀이 무슨 관련이 있을까요?
문제 상황 2 아주머니는 논 주인에게 얼마를 주는 게 맞을까요?

예

제목	가혹한 정치
서론 (문제 상황 + 내 주장)	흉년이 들었을 때 논 주인에게 얼마를 주어야 하는지 고민해 보고 정치를 잘못하면 문제가 되는 이유를 생각해 봐야 한다. 나는 논 주인에게 1섬도 주면 안 된다고 생각한다.
본론 근거 1	논 주인은 부자니까 흉년에도 먹고살 수 있지만, 아주머니네는 쌀을 내고 나면 굶어 죽을 수 있다. 아주머니네가 살아남아야 다음 해에 농사를 지을 수 있으니 논 주인에게도 좋다.
근거 2	백성의 신뢰를 얻으려면 백성이 어려울 때 적극적으로 도와야 한다. 흉년으로 고생하는 아주머니에게서 쌀을 가져가는 것은 아주머니의 신뢰를 저버리는 행동이다.
결론 (요약 + 강조)	그러므로 흉년에 논 주인은 아주머니에게서 쌀을 가져가면 안 된다. 함께 잘 사는 사회를 만드는 게 올바른 정치다.

118p

인물들의 입장이 되어서 생각을 추론해 보는 활동입니다. 정해진 답이 없으므로 의견의 근거를 잘 설명할 수 있으면 좋습니다.

119p

주어진 주제에 타당한 근거를 들어 한 편의 완성된 논술문을 쓰는 활동입니다. 근거는 중심 문장과 뒷받침 문장으로 쓸 수 있도록 지도해 주세요. 뒷받침 문장은 중심 내용을 부연 설명하거나 예시를 들면 됩니다.

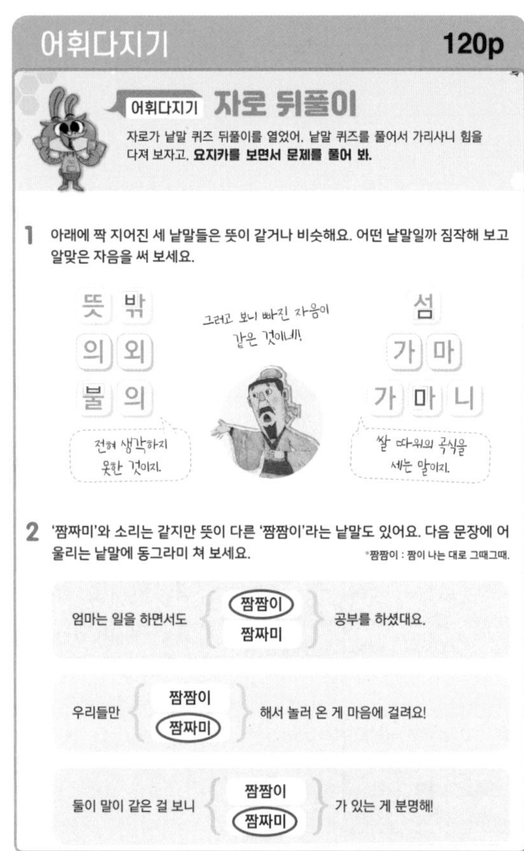

어휘다지기 120p
어휘다지기 자로 뒤풀이
자로가 낱말 퀴즈 뒤풀이를 열었어. 낱말 퀴즈를 풀어서 가리사니 힘을 다져 보자고. 요지카를 보면서 문제를 풀어 봐.
1 아래에 짝 지어진 세 낱말들은 뜻이 같거나 비슷해요. 어떤 낱말일까 짐작해 보고 알맞은 자음을 써 보세요.
뜻 밖
의 외
불 의
그러고 보니 빠진 자음이 같은 것이네!
섬
가 마
가 마 니
전혀 생각하지 못한 것이지
쌀 따위의 곡식을 세는 말이지
2 '짬짜미'와 소리는 같지만 뜻이 다른 '짬짬이'라는 낱말도 있어요. 다음 문장에 어울리는 낱말에 동그라미 쳐 보세요.
*짬짬이 : 짬이 나는 대로 그때그때.
엄마는 일을 하면서도 짬짬이 / 짬짜미 공부를 하셨대요.
우리들만 짬짬이 / 짬짜미 해서 놀러 온 게 마음에 걸려요!
둘이 말이 같은 걸 보니 짬짬이 / 짬짜미 가 있는 게 분명해!

어휘다지기 121p
3 다음 문장에서 밑줄 친 부분을 다른 낱말로 바꿔 쓰려고 해요. 문장에서 글자를 찾아 알맞은 답을 써 보세요.
멍멍아, 충분하지는 않지만 맛있게 먹고 그저 무럭무럭 자라다오.
그 럭 저 럭
다르게 되지 않고 어찌 꼭 그렇게 연필이 하나도 없냐?
하 필
전체의 반만 먹기야, 더 이상은 절대 안 돼, 반칙이야!
절 반
4 자로가 공 선생님을 따라다니면서 기록한 글인데, 틀린 글자가 있어요. 틀린 글자에 X표 하고 바르게 고쳐 써 보세요.
우리 학교도 산기슭에 자리 잡고 있어. 슭
저기 보이는 전봇대의 높이를 가늠할 수 있겠니? 늠
누렁아, 너도 참, 모진 주인을 만나 고생이 많구나! 모
농부들이 벼를 수확하느라 눈코 뜰 새 없이 바쁘다! 확

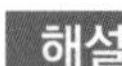

120~121p

요지카에서 다룬 어휘를 다시 한번 문제로 풀어보면서 어휘력을 기를 수 있습니다. 요지카를 보면서 문제를 풀 수 있도록 지도해 주세요.

MEMO

MEMO

✂—— 자르는 선
--------- 접는 선

1. 자르는 선을 따라 가위로 오려서 네 조각으로 만들어 주세요.
2. 접는 선을 따라 안쪽으로 한 번 바깥쪽으로 한 번 접어주세요.
3. 풀칠한 후 같은 번호끼리 모퉁이의 색깔을 맞춰 붙여주세요.
4. 요리조리 접거나 펴면서 그림에 나오는 내용을 상상해서 이야기해 보세요.

③
풀칠
①
풀칠
④
풀칠
②
풀칠

✂ —— 자르는 선
········ 접는 선

가리사니 임명장

이름:

직책: 가리사니

위 사람을 이야기나라의 가리사니로 임명합니다.

20 년 월 일

이야기나라의 가라사대왕 

✂ —— 자르는 선
········ 접는 선

1. 자르는 선을 따라 가위로 오려서 네 조각으로 만들어 주세요.
2. 접는 선을 따라 안쪽으로 한 번 바깥쪽으로 한 번 접어주세요.
3. 풀칠한 후 같은 번호끼리 모퉁이의 색깔을 맞춰 붙여주세요.
4. 요리조리 접거나 펴면서 그림에 나오는 내용을 상상해서 이야기해 보세요.

③
풀칠
①
풀칠
④
풀칠
②
풀칠

자르는 선
접는 선

가리사니 임명장

이름:

직책: 가리사니

위 사람을 이야기나라의 가리사니로 임명합니다.

20　　　　년　　　　월　　　　일

이야기나라의 가라사대왕 

자르는 선
접는 선

1. 자르는 선을 따라 가위로 오려서 네 조각으로 만들어 주세요.
2. 접는 선을 따라 안쪽으로 한 번 바깥쪽으로 한 번 접어주세요.
3. 풀칠한 후 같은 번호끼리 모퉁이의 색깔을 맞춰 붙여주세요.
4. 요리조리 접거나 펴면서 그림에 나오는 내용을 상상해서 이야기해 보세요.

③
풀칠
①
풀칠
④
풀칠
②
풀칠

✂ —— 자르는 선
------- 접는 선

가리사니 임명장

이름:

직책: 가리사니

위 사람을 이야기나라의 가리사니로 임명합니다.

20 년 월 일

이야기나라의 가라사대왕 

자르는 선
접는 선

1. 자르는 선을 따라 가위로 오려서 네 조각으로 만들어 주세요.
2. 접는 선을 따라 안쪽으로 한 번 바깥쪽으로 한 번 접어주세요.
3. 풀칠한 후 같은 번호끼리 모퉁이의 색깔을 맞춰 붙여주세요.
4. 요리조리 접거나 펴면서 그림에 나오는 내용을 상상해서 이야기해 보세요.

③
풀칠
①
풀칠
④
풀칠
②
풀칠

자르는 선
접는 선

가리사니 임명장

이름:

직책: 가리사니

위 사람을 이야기나라의 가리사니로 임명합니다.

20 년 월 일

이야기나라의 가라사대왕 

자르는 선 ✂

요지카 1

금화

낱말 등급 ☆☆☆☆☆

요지카 2

축복하다

낱말 등급 ☆☆☆☆☆

요지카 3

섭섭하다

낱말 등급 ☆☆☆☆☆

요지카 4

보잘것없다

낱말 등급 ☆☆☆☆☆

요지카 5

오르락내리락

낱말 등급 ☆☆☆☆☆

요지카 6

맡아보다

낱말 등급 ☆☆☆☆☆

요지카 7

작별

낱말 등급 ☆☆☆☆☆

요지카 8

어른어른

낱말 등급 ☆☆☆☆☆

요지카 9

몸소

낱말 등급 ☆☆☆☆☆

요지카 10

어안이 벙벙하다

낱말 등급 ☆☆☆☆☆

어렵거나 중요한 정도를 점수로 매겨 별점에 색칠해 보세요.

1장 형제와 금화

글자를 따라 써 보세요.

매주 천사들이 찾아와
우리를 축복해요.

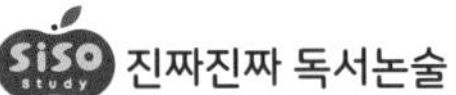

1장 형제와 금화

글자를 따라 써 보세요.

악마가 일부러 금화를
떨어뜨려 놓았어요.

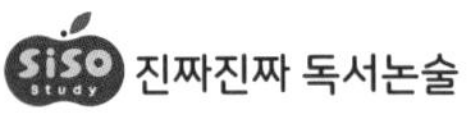

1장 형제와 금화

글자를 따라 써 보세요.

지금까지 남을 위해서 한 일들은
보잘것없이 느껴졌어요.

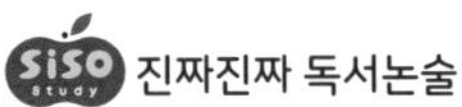

1장 형제와 금화

글자를 따라 써 보세요.

저는 동생과 헤어질 때면
늘 섭섭해요.

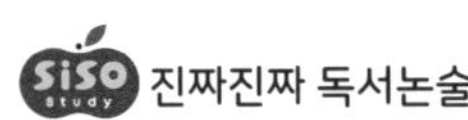

1장 형제와 금화

글자를 따라 써 보세요.

세 집을 맡아볼 관리인도
찾았어요.

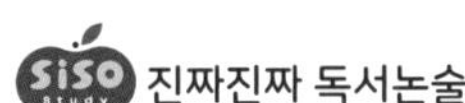

1장 형제와 금화

글자를 따라 써 보세요.

산을 몇 번 오르락내리락해서
금화를 옮겼어요.

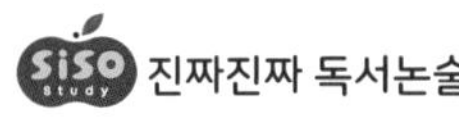

1장 형제와 금화

글자를 따라 써 보세요.

눈앞에 어른어른
무엇인가 나타났어요.

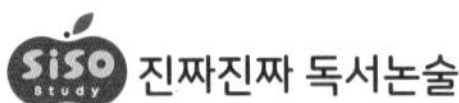

1장 형제와 금화

글자를 따라 써 보세요.

사람들과 작별했어요.

siso study 진짜진짜 독서논술

1장 형제와 금화

글자를 따라 써 보세요.

저는 어안이 벙벙했어요.

siso study 진짜진짜 독서논술

1장 형제와 금화

글자를 따라 써 보세요.

이웃을 사랑하는 일은 몸소 실천
하면서 이룰 수 있어요.

siso study 진짜진짜 독서논술

자르는 선

자르는 선

요지카 1

저잣거리

낱말 등급 ☆☆☆☆☆

요지카 2

상민

낱말 등급 ☆☆☆☆☆

요지카 3

으슥하다

낱말 등급 ☆☆☆☆☆

요지카 4

위세

낱말 등급 ☆☆☆☆☆

요지카 5

상스럽다

낱말 등급 ☆☆☆☆☆

요지카 6

오죽하다

낱말 등급 ☆☆☆☆☆

요지카 7

꾸지람

낱말 등급 ☆☆☆☆☆

요지카 8

후려치다

낱말 등급 ☆☆☆☆☆

요지카 9

분풀이

낱말 등급 ☆☆☆☆☆

요지카 10

뭇매

낱말 등급 ☆☆☆☆☆

어렵거나 중요한 정도를 점수로 매겨 별점에 색칠해 보세요.

2장 오줌통

글자를 따라 써 보세요.

상민이면 몰라도 양반 신분으로
그런 짓을 하면 안 돼요.

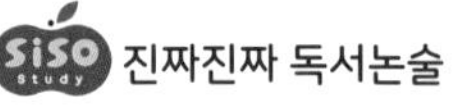

2장 오줌통

글자를 따라 써 보세요.

아들 녀석이 저잣거리 오줌통에
오줌을 싸고 있어요.

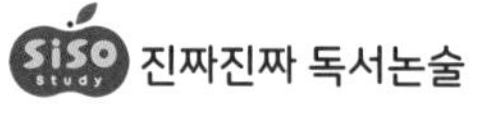

2장 오줌통

글자를 따라 써 보세요.

이 대감의 위세가 두려워서
감히 어쩌지 못해요.

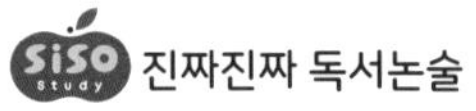

2장 오줌통

글자를 따라 써 보세요.

저잣거리의 으슥한 곳에
오줌통이 있어요.

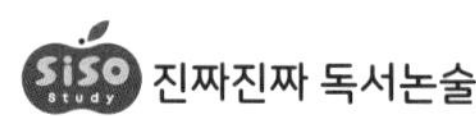

2장 오줌통

글자를 따라 써 보세요.

저도 이런데 이 대감은
오죽했겠어요.

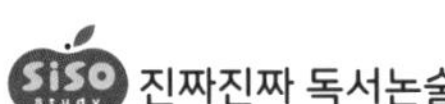

2장 오줌통

글자를 따라 써 보세요.

대낮에 오줌을 누는 것은
상스러운 짓이에요.

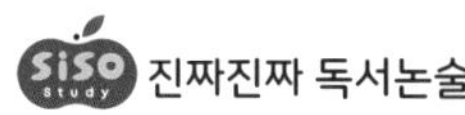

2장 오줌통

글자를 따라 써 보세요.

참다못해 녀석을 몽둥이로
후려쳤어요.

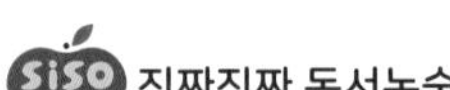

2장 오줌통

글자를 따라 써 보세요.

아버지의 꾸지람을 듣고도
정신 못 차렸어요.

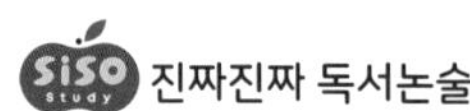

2장 오줌통

글자를 따라 써 보세요.

다행히 뭇매를 맞고
반성했어요.

진짜진짜 독서논술

2장 오줌통

글자를 따라 써 보세요.

사람들을 대신해서
내가 분풀이를 했어요.

진짜진짜 독서논술

자르는 선

자르는 선 ✂

요지카 1

갈팡질팡

낱말 등급 ☆☆☆☆☆

요지카 2

딴판

낱말 등급 ☆☆☆☆☆

요지카 3

물정

낱말 등급 ☆☆☆☆☆

요지카 4

좀처럼

낱말 등급 ☆☆☆☆☆

요지카 5

단호하다

낱말 등급 ☆☆☆☆☆

요지카 6

풀이 죽다

낱말 등급 ☆☆☆☆☆

요지카 7

재촉하다

낱말 등급 ☆☆☆☆☆

요지카 8

감당하다

낱말 등급 ☆☆☆☆☆

요지카 9

따분하다

낱말 등급 ☆☆☆☆☆

요지카 10

천만다행

낱말 등급 ☆☆☆☆☆

어렵거나 중요한 정도를 점수로 매겨 별점에 색칠해 보세요.

3장 재물의 신과 사랑의 신

글자를 따라 써 보세요.

아버지와 아들 사이지만
참 딴판이에요.

진짜진짜 독서논술

3장 재물의 신과 사랑의 신

글자를 따라 써 보세요.

마음이 갈팡질팡해서
밤새 잠을 못 이루었어요.

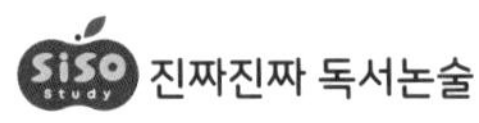

3장 재물의 신과 사랑의 신

글자를 따라 써 보세요.

고백하고 싶었는데
좀처럼 기회를 잡지 못했어요.

진짜진짜 독서논술

3장 재물의 신과 사랑의 신

글자를 따라 써 보세요.

철없고 세상 물정을 몰라요.

진짜진짜 독서논술

3장 재물의 신과 사랑의 신

글자를 따라 써 보세요.

풀이 죽은 모습으로
마차를 타러 나갔어요.

진짜진짜 독서논술

3장 재물의 신과 사랑의 신

글자를 따라 써 보세요.

돈으로 이룰 수 없는 것도
많다면서 단호하게 거절했어요.

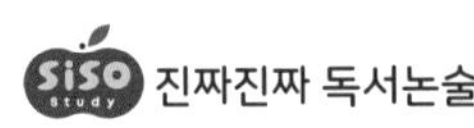

3장 재물의 신과 사랑의 신

글자를 따라 써 보세요.

교통정리를 했지만
감당할 수가 없었어요.

진짜진짜 독서논술

3장 재물의 신과 사랑의 신

글자를 따라 써 보세요.

어머니를 기다리게 해서는
안 된다고 재촉했어요.

진짜진짜 독서논술

3장 재물의 신과 사랑의 신

글자를 따라 써 보세요.

경찰서장이 광장에 나오지
않아서 천만다행이었어요.

진짜진짜 독서논술

3장 재물의 신과 사랑의 신

글자를 따라 써 보세요.

연극 구경이 따분해서
다른 일을 생각했어요.

진짜진짜 독서논술

자르는 선

자르는 선 ✂

요지카 1

산기슭

낱말 등급 ☆☆☆☆☆

요지카 2

뜻밖

낱말 등급 ☆☆☆☆☆

요지카 3

섬

낱말 등급 ☆☆☆☆☆

요지카 4

그럭저럭

낱말 등급 ☆☆☆☆☆

요지카 5

짬짜미

낱말 등급 ☆☆☆☆☆

요지카 6

하필

낱말 등급 ☆☆☆☆☆

요지카 7

절반

낱말 등급 ☆☆☆☆☆

요지카 8

모질다

낱말 등급 ☆☆☆☆☆

요지카 9

수확하다

낱말 등급 ☆☆☆☆☆

요지카 10

가늠하다

낱말 등급 ☆☆☆☆☆

어렵거나 중요한 정도를 점수로 매겨 별점에 색칠해 보세요.

4장 호랑이보다 무서운 것 글자를 따라 써 보세요.

한숨을 내쉬고는
뜻밖의 대답을 했어요.

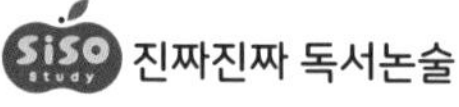 진짜진짜 독서논술

4장 호랑이보다 무서운 것 글자를 따라 써 보세요.

산기슭에서 여인의
울음소리가 들렸어요.

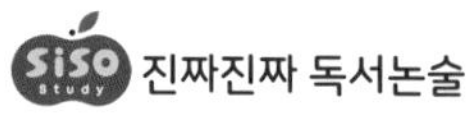 진짜진짜 독서논술

4장 호랑이보다 무서운 것 글자를 따라 써 보세요.

좀 모자랐지만 그럭저럭
견딜 수 있었어요.

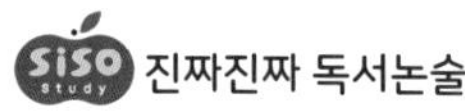 진짜진짜 독서논술

4장 호랑이보다 무서운 것 글자를 따라 써 보세요.

한 해 10섬을 거두는
논이에요.

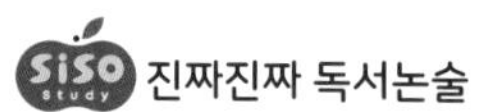 진짜진짜 독서논술

4장 호랑이보다 무서운 것 글자를 따라 써 보세요.

하필 그 이듬해 흉년이
들었어요.

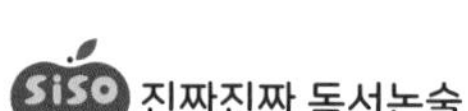 진짜진짜 독서논술

4장 호랑이보다 무서운 것 글자를 따라 써 보세요.

우리 걸 뺏기로
서로 짬짜미를 했어요.

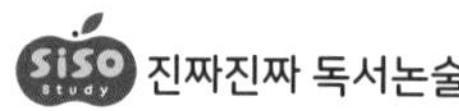 진짜진짜 독서논술

4장 호랑이보다 무서운 것 글자를 따라 써 보세요.

백성을 다스리는 것이
모질고 사나워요.

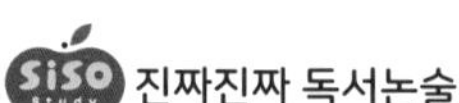 진짜진짜 독서논술

4장 호랑이보다 무서운 것 글자를 따라 써 보세요.

거둔 쌀이 겨우 지난해
절반밖에 되지 않았어요.

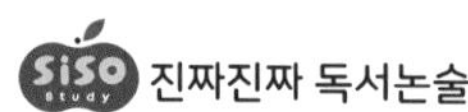 진짜진짜 독서논술

4장 호랑이보다 무서운 것 글자를 따라 써 보세요.

흉년이라는 것도 가늠해야
맞아요.

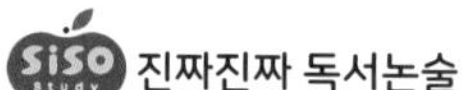 진짜진짜 독서논술

4장 호랑이보다 무서운 것 글자를 따라 써 보세요.

수확한 것이 5섬이면
3섬을 가져가야 해요.

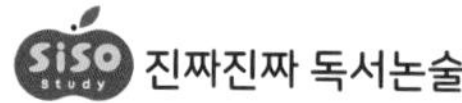 진짜진짜 독서논술

자르는 선

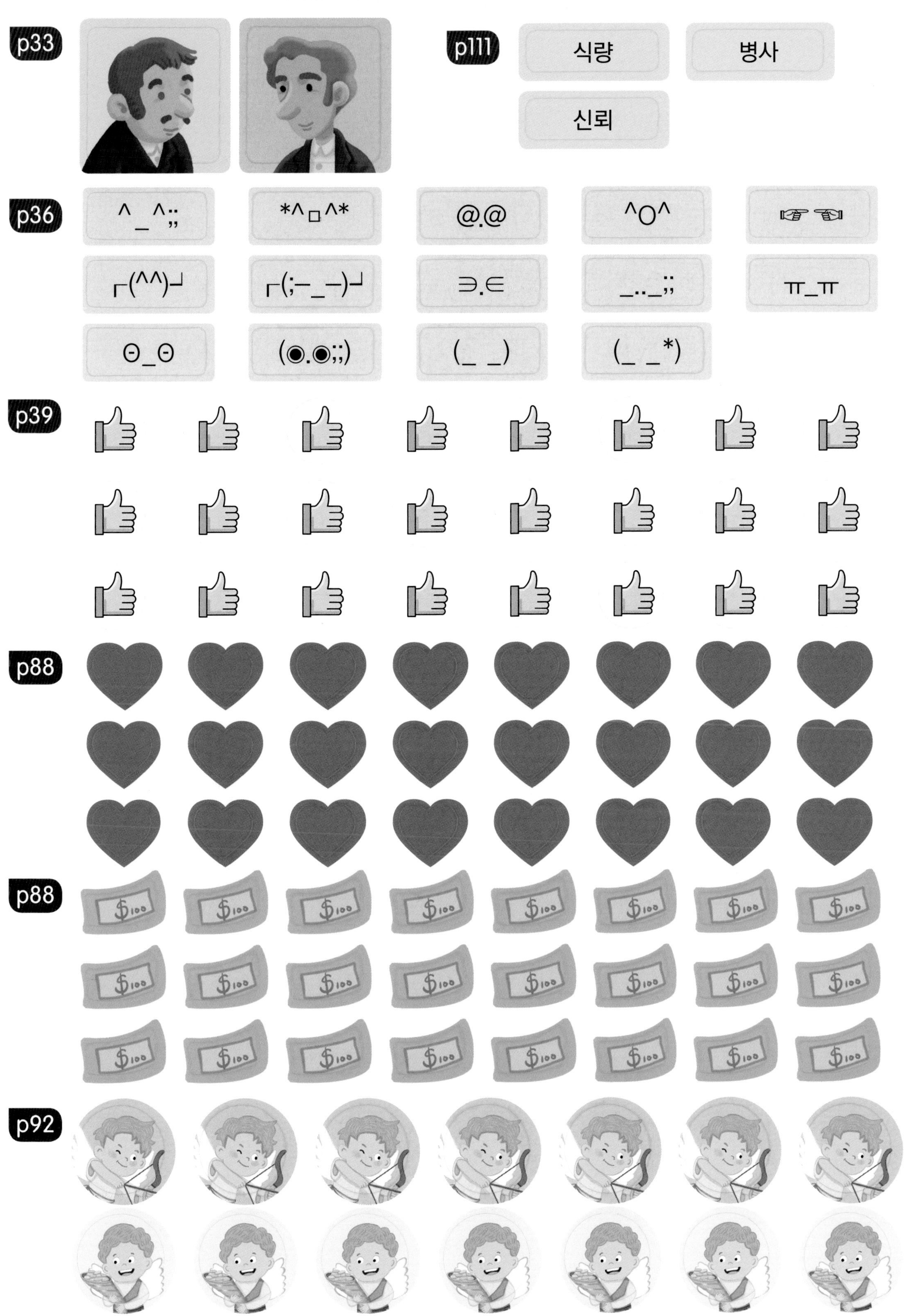
p33
p111
식량
병사
신뢰
p36
^_^;;
*^ㅁ^*
@.@
^O^
┌(^^)┘
┌(;—_—)┘
∋.∈
_.._;;
ㅠ_ㅠ
ʘ_ʘ
(◉.◉;;)
(_ _)
(_ _*)
p39
p88
p88
p92